草凪 優

知らない女が僕の部屋で死んでいた

実業之日本社

実業之日本社文庫

目次

プロローグ

硬い感触で眼が覚めた。フローリングの床に寝ていた。こんなことは初めてだったので、自宅にもかかわらず一瞬別の場所かと思った。

そのうえ全裸だったのでびっくりしたが、理由を考えるには意識が朦朧《もうろう》としすぎていた。酒くさかった。自分の吐息がだ。口の中が干からびたようになっていて、うがいがしたくて立ちあがった。

窓からまぶしい朝日が差しこんでいた。ここはマンションの八階。目の前が江戸《えど》川《がわ》の広い河川敷なので、朝日がまともに入ってくる。昨夜カーテンを閉め忘れたようだ。

部屋は四十平米弱のワンルーム。床材はウォールナット。家具は少ない。テレビもソファもコレクションの類いもない。一日中この部屋にいるので、スペースを確保するため極力物を置かないようにしている。壁がコンクリート打ちっ放しだから、いかにもコンクリートの箱の中という感じだ。殺風景だが居心地《いごこち》は悪くない。

キッチンシンクで水を出した。両手ですくって口に運んだ。口の中が潤いを取り戻しても、気分はすっきりしなかった。

宿酔《ふつかよ》い特有の不安定な感情が胸を揺さぶってくる。まだ昨夜の出来事を思いだす前なのに、押し寄せてくる後悔、罪悪感、自己嫌悪。

それとは別の、なんとも言い様のない不穏な気配にゾクッとし、動けなくなった。蛇口から流れる水の音がうるさかった。それがどんどん大きくなって、耐えがたいほど耳障りになっていく。不穏な気配もまた、大きくなっていくばかりだ。

誰かいる……。

そんなはずはなかった。ここはひとり暮らしの部屋で、客を入れたことがない。招く人間などいないし、ペットだって飼っていない。

息をとめて、ゆっくりと振り返っていく。壁際にイームズデスクユニットがある。チェアはアーロンのグレイ、デスクの上にはマックプロ、三二インチのディスプレイモニター、ペンタブレット――すべて商売道具だ。

反対側の壁際にベッドがある。無印良品で買ったばかりのセミダブル。女が寝ている。自分と同じ全裸。あお向けだった。

布団を掛けていないから、大きなバストが見えていた。天井に向かって迫《せ》りだしている。色が白い。乳首は淡いピンク。引き締まったウエスト、すんなり伸びた両脚、小判形の黒い翳《かげ》り——なんだこれは！

あわててカーテンを閉めた。全身から血の気が引いていく。怖くてとても正視できない。女はカッと眼を見開いていた。にもかかわらず、寝息をたてていないようだった。激しく混乱した。記憶がなかった。この女は誰なのか？　どうしてこの部屋にいるのか？　まるで思いだせない。

眼が覚めたら、知らない女が自宅のベッドで全裸で死んでいた——悪夢なら早く覚めてほしかった。

第一章　失われた記憶

1

南野蒼治《みなみのそうじ》は煙草《たばこ》を吸う。いまどきスモーカーほど肩身の狭い存在はない。どこもかしこも禁煙で、街に居場所などありはしない。

あるとすれば喫煙所だが、それがまたひどいところだった。たとえばここ、高田馬場《たかだのばば》の駅前ロータリー広場にある喫煙所だ。水槽のようにガラスで仕切られた中で、顔色の悪い連中が黙々と白い煙を吐きだしている。こんなところで一服しても、リラックス効果は望めない。不快な気分になるだけだ。

ただでさえ、ここまでやってくる電車が混んでいて、うんざりしていた。普段はほとんど家から出ないし、移動するときはクルマなので、満員電車には神経を削られる。人があふれるホームもつらい。ようやくのことでそこから解放されたと思ったら、この有様だった。電車の中より、下手《へた》をすればこの喫煙所のほうが混んでいるのではないだろうか。人が出入りしたり、灰皿に灰を落としたりするたびに、誰かと体がぶつかりそうだ。

それでも、アメリカンスピリットのオレンジに火をつける。煙草を覚えて最初に愛煙したのはセブンスターだが、紆余曲折を経てこれに落ちついた。軽いが味はいい。葉がぎゅっと詰まっていて、吸うのに時間がかかるところも気に入っている。

「すっ、すいません……」

後ろからスーツ姿のサラリーマンにぶつかられ、つい謝ってしまう。悪いのは、どう考えてもぶつかってきたほうだった。蒼治にはそういうところがある。いつもおどおど、ビクビクしている。自分で自分が嫌になるが、改善される見込みはない。だから普段は滅多に街に出ないし、人とも会わない。

自宅のある江戸川区の小岩《こいわ》からわざわざ高田馬場までやってきたのは、クライアントとのミーティングのためだった。蒼治は萌《も》え絵を描くイラストレーターで、高田馬場にあるゲーム制作会社から、かれこれ五年近くキャラクターデザインの仕事を受けている。

普段のやりとりは電話やメールで問題ない。ただ、半年に一回くらいは、担当者と直接顔を合わせるようにしている。電話やメールだけでは、やはり健全な人間関係は築けない。世間話という潤滑油が必要になる。いくら満員電車や人混みが嫌いだからといって、そこまで拒むほど大人げなくはない。

煙草を消し、目的地に向かった。ガードをくぐり、早稲田《わせだ》通りの坂を二〇〇メートルほどのぼったところにあるオフィスビルに入る。エントランスで内線電話をかけると、担当者の川勝芳夫《かわかつよしお》が一階まで迎えにきてくれた。スキンヘッドにピアス、シュプリームの真っ赤なパーカー。相変わらず派手だ。

川勝は蒼治と同じ三十歳。最近結婚した。恋人に子供ができたからだ。デパートで買い求めた赤ちゃん用のおくるみをお祝いに渡したところ、とても喜んでくれた。贈り物をして喜ばれるという経験がほとんどなかったので、蒼治も嬉《うれ》しかった。

一緒にエレベーターに乗りこんだ。川勝は口数が多く、無駄に明るい人間なのだが、今日に限ってむっつりしていた。ひと言も口をきかないどころか、視線すら合わせようとしない。様子がおかしい。

蒼治も黙したままエレベーターをおり、会議室に入った。六畳ほどのスペースに四人掛けのテーブルセットが押しこまれただけのところだった。まるで取調室のような雰囲気だが、三年前までは煙草が吸えたからまだマシだった。いまは当然のように禁煙だ。

「どうかしたの？」

さすがに訊《たず》ねた。向かいあって席に着いても、川勝はいっこうに口を開こうとしなかった。

「いや、その、なんていうか……」

川勝が口ごもっていると、ノックの音が聞こえた。扉が開き、人が入ってくる。四十代と思《おぼ》しき、ライトグレイのスーツを着た男だった。川勝がスーツを着ているところなんて見たことがなかったので、蒼治は少し驚いた。立ちあがって頭をさげる。

「どうも、山本《やまもと》です」

名刺を渡された。山本憲行《のりゆき》。制作部統括部長の肩書きだった。

「すっ、すいません……僕、今日は名刺を……」

まさか川勝の上司が出てくると思っていなかったので、持ってきていなかった。山本は、気にしないで座って、という仕草をし、自分も川勝の隣に腰をおろした。ウエイブのある長い髪は、脂っ気はないものの白髪も目立たない。顔は浅黒く、彫りが深い。手の甲もやけに黒かった。趣味はマリンスポーツか。

「いちおう、前回のプロジェクトは一段落したんだよな、川勝」

「はい」

「なんだったっけ？　『ラブリィ・チューズデイ』？」

「ええ」

「動きは？」

「まあ、ちょっと重いです……」

川勝はうつむいた。「重い」というのは、売上が悪いということだ。蒼治は内心で溜息《ためいき》をついた。

「いやね、南野さん。私はつい三カ月前に、この会社に来たばかりなんですけどね。業績や作品をひと通り見ていく中で、ちょっと抜本的に戦略を立て直さなきゃならないなと感じましてね……」

山本は滔々《とうとう》と言葉を継いだ。

「たとえばあなたのキャラクターデザイン、僕にはちょっと薄っぺらく見える。リアルじゃないっていうのかな……」

おいおいちょっと待ってくれ、と蒼治は思った。こちらが提供しているのは、萌え絵である。アキバに行けば街中で見かける、アニメタッチの美少女画だ。たしかに薄っぺらいかもしれないし、リアルでもないだろうが、そういうものなのだ、萌え絵というのは。

そもそも、『ラブリィ・チューズデイ』という作品からして、冴《さ》えない男子高生が美少女ばかりにモテまくるという、薄っぺらい話だし、リアルでもない。ただ、そういうものを必要とする人間はいる――と信じて描いている。

「ゲームの魅力っていうのは、脚本であったり、声優であったりもするけど、やっぱりいちばんはキャラデザですよ。とくにこの手の、エロゲーの一歩手前みたいなものなら、ユーザーはまず、絵を見る。違いますか？」

蒼治は曖昧にうなずくことしかできなかった。川勝を見た。うつむいたまま顔をあげない。やれやれ。

「文は人なりっていうけど、絵もまたそうだって私は思います。こう言っちゃ申し訳ないんだけど、南野さんの絵は童貞臭がきつすぎて、私には耐えられないんだよね。いくらモテないオタク向けの美少女を描いてても、描いてるほうまでモテないオタクっていうのはどうなんだろう？　南野さんって、川勝と同い年なんだよね？川勝は結婚してるけど、あなたはどうなの？　リアルに彼女いたことある？　失礼だけど、がっつり付き合った経験とかないんじゃないかな？　だから、ぐっとこないんだよ。ラブシーンになっても、気持ちが全然高まらない。クリエイターって経験がすべてじゃないけど、少しは経験も必要だよ。あなたみたいな絵、ティーンエイジャーの男の子ならともかく、三十にもなって描くっていうのは……」

2

煙草が吸いたかった。かといって、駅前の喫煙所に戻る気にはなれなかった。カフェや喫茶店は、どこも禁煙だろう。だが多少の出費を覚悟すれば、店内で煙草を吸えるところもないではない。酒場である。

いまのご時世、街でゆっくり煙草が吸いたくなったら、明るいうちから営業している酒場を探したほうが手っ取り早い。

時刻は午後四時を少し過ぎたところ。開いている店が見つかってくれることを祈りながら、酒場が軒を連ねているさかえ通りに入っていく。

うらぶれた立ち飲み屋が眼にとまった。いちおう営業しているようだ。煮染《にし》めたような暖簾が風に揺れている。年季の入りすぎた飴《あめ》色の店構えが哀愁を誘う。小岩にも似たような店が何軒かあり、散歩のついでにたまに立ち寄るが、いまの気分に似つかわしい気がした。ここならとことん負け犬の気分を噛《か》みしめられそうだ。

鰻《うなぎ》の寝床じみた細長い空間に、カウンターがあるだけの店だった。立ち食いそば屋のような感じだが、ゆで太郎なんかよりずっと薄暗く、清潔感もない。床はベタベタしているし、カウンターに置かれたアジシオや七味唐辛子の瓶も油にまみれて黒ずんでいる。まさに負け犬のための酒場……。

先客がいた。腰の曲がった老人がふたり、ボソボソと話をしながら酎ハイを飲んでいた。蒼治は彼らからなるべく離れたところに陣取って、瓶ビールを頼んだ。初めて入る店で生ビールを頼むほど愚かではなかった。生ビールのサーバーはこまめな洗浄が必要で、サボれば覿面《てきめん》に味が劣化する。安さが売りの店で、サーバーの洗浄に執念を燃やしているようなところは少ない。

カウンター越しに、キリンラガーの大瓶を渡された。好みの銘柄だった。クラシックラガーならなおいいが、置いている店は少ない。グラスに注《つ》いで飲んだ。やけに旨《うま》かった。喉が渇いていたせいもあるし、空気が乾燥しているせいもあるだろう。ビールには夏のイメージがあるが、湿気が少なくなった秋のほうがずっと旨い。いまはちょうどそんな季節だった。しつこく続いた残暑がようやく終わり、すっかり秋の気配になっている。

煙草に火をつけた。ゆらゆらと揺れる紫煙をぼんやり眺めながら、千々に乱れている気持ちを整理する。怒り、悲しみ、情けなさ、無力感——様々な感情が交錯しているが、危機的状況に陥っていることだけは間違いなかった。

山本という統括部長は、蒼治を切るために顔を出した、と考えて間違いないだろう。実際、次作の話はまったくされず、ミーティングは十五分ほどで終了となった。ミーティングのあとは飲みにいくのが恒例なのでわざわざ電車でやってきたのに、川勝は誘いの言葉を口にしなかった。あとでふたりきりになったとき、上司の暴言を謝罪してくれるかもしれない、と淡い期待をしていた自分が馬鹿だった。完全にナメている。売上が悪いのは事実かもしれないが、これが五年も一緒に仕事をしてきた人間に対する仕打ちだろうか。

それにしても、あの山本という男は、ずいぶんと言いたいことを言ってくれた。萌え絵を描いているイラストレーターに、リアルを求める感性には度肝を抜かれた。「リアルに彼女いたことある?」とまで言い放たれた。笑止千万だ。ならば山本は、『キングダム』の作者にもリアルな殺人の経験を求めるのだろうか。原泰久《はらやすひさ》は、背丈ほどもある矛で人間を真っ二つにしたことがあるのか。男女交際と人殺しを同列には語れないと言うのなら、女遊びは芸の肥やしと豪語しているやりちん俳優を支持するのか。するなら勝手にすればいいが、頭が古いと言わざるを得ない。昨今のコンプライアンスを、一から勉強し直したほうがいい。

「すいません、煮込みください」

小鉢に煮込みが盛られ、刻んだ白ネギをかけて渡される。モツは豚で、味つけは味噌《みそ》。野菜は臭み消しのショウガやニンニクくらいだろう、数種類のモツだけで構成された正統派の煮込みだった。

食べたくて頼んだわけではない。ビール一本で粘っているせこい客だと思われたくなかっただけだが、びっくりするほど旨かった。シロ、ヒモ、ガツに加えてフワまで入っていたので、ビールがはかどる。

とにかく、山本は頓珍漢《とんちんかん》なうえに失礼な人間だった。わざと憎まれ役を買ってやったんだよ、などといまごろうそぶいているかもしれない。それも含めて関わるに価しないクソ野郎だ。切られて結構である。あんな男の下で働かなければならない川勝が気の毒だが、彼ともこれっきりだろう。

問題は、仕事先を失ったということだった。ゲームのキャラデザは蒼治の収入の二本柱のうちの一本だった。もう一本は雑誌などの紙媒体だったのだが、こちらはすでに失っていた。出版不況はこちらが考えるよりずっとシリアスなようで、去年一年で取引先から次々と仕事を切られた。

そのうえゲームの仕事まで失えば、もうお手上げだ。蒼治は萌え絵しか描けないニッチなイラストレーターだった。ジャンルを背負えるビッグネームでもなければ、ジャンルを股にかける器用さもない。要するに、潰しがきかない。発注がなくなれば即廃業、という覚悟は以前からしていた。

山本の言っていたことでひとつだけうなずいてもいいところがあるとすれば、萌え絵のイラストレーターなんて三十を過ぎてやるような仕事ではない、ということだろう。才能のある人間はもちろん別だろうが、自分にはそれが足りないと薄々気づいていた。若い絵師の勢いある作風に接し、敵《かな》わないと思ったことは一度や二度ではない。十年近くこの仕事で食えてきたことが、むしろ奇跡のようなものなのかもしれない。

となると……。

いよいよ廃業をリアルに考えなければならなくなる。覚悟はしていたものの、実際に差し迫ってくると眩暈《めまい》を禁じ得ない。三カ月くらいは貯《たくわ》えでしのげるにしても、そこから先は家賃も払えなくなる。働かなければならない。なにをすればいいのだろう？　いや、こんな自分になにができるだろう？

勤めに出るのは嫌だった。嫌というか無理だ。集団生活に対する嫌悪感が尋常ではないゆえに、独学でイラストレーターになり、さして才能があるとは思えないのに萌え絵にしがみついてきたのだ。

人に自慢できる仕事ではないかもしれないし、実際誰にも言っていない。それでも、蒼治は萌え絵を描くことで掛け替えのないものを手に入れた。満員電車に乗る必要がなく、人に会わなくていい生活。毎日自分の部屋に閉じこもって萌え絵を描き、現実と向きあわなくてすむ——快適な暮らしだったのだ。

最初にひとり暮らしを始めたのは、風呂もついていない六畳ひと間だった。住環境は譲歩しても、まずクルマが欲しかったからだ。コツコツ金を貯め、やがて広いワンルームに引っ越すことができた。才能のなさを補うためにマックプロを奮発したし、少し背伸びして高価な机や椅子も手に入れた。大金がつかめたわけではないし、地位や名誉ともまったく無縁だけれど、理想のライフスタイルを手に入れたのだ。蒼治にとって、なにより大切なものだった。

手放したくなかった。なんとかいまと同じように、フリーランスで生きていく方法を探すしかないだろう。ユーチューバーでもなんでもいい。とにかく、極力人と関わらないで、飯を食う方法はないだろうか。

フリーランスの仕事が勤め人とは違うのは、起《た》ちあげるのに時間も金もかかるということだ。働きだしてひと月後には給料を手にできるわけではない。イラストレーターの仕事にしても、納品してから報酬が振りこまれるまで二、三カ月はかかる。打ち合わせとか制作期間とか、あるいはそれ以前に売り込みをかけるとか、そういうことを換算すると、現金を手にできるのはかなり先ということになる。

三カ月程度の貯えで大丈夫だろうか、と不安になってくる。いっそいまのうちに実家に戻り、家賃や生活費を浮かせたほうがいいか。

「……ふうっ」

吐きだす煙草の煙に溜息が混じった。瓶ビールが空になったので、酎ハイを頼んだ。焼酎がキンミヤだったので期待がもてた。やけに焼酎が濃いものがやってきて、腹の奥に火がついたようになる。唸《うな》りながら飲む。グビリ、グビリ、さらに燃料を投下していく。

地元に戻るのはあり得ない選択だった。

蒼治の実家は埼玉県の所沢《ところざわ》市にある。両親は健在で、学習塾を経営している。父が数学、母が英語——真面目《まじめ》な人たちだった。昔ずいぶんと迷惑をかけた。蒼治がいま住んでいる小岩からはちょっと遠いが、この高田馬場からなら所沢まで西武新《せいぶしん》宿線《じゅく》で一本だ。三十数分で着くのに、もう七、八年も寄りついていない。ひとり息子にもかかわらず本当に申し訳ない。

両親に合わせる顔がないというのもあるが、地元の人間関係がそれ以上にしんどいからである。考えただけで憂鬱な気分になる。あの場所には関わりあいたくない人間が多すぎる。

「すいません、酎ハイおかわり」

3

そこまでは鮮明に覚えていた。

立ち飲み屋では結局、ビール大瓶一本と酎ハイ三杯を飲み、たいていの酒場が営業を開始する午後五時を過ぎたので、座れる店に移動することにした。数軒先にある串揚げ屋に入った。紅生姜《べにしょうが》や玉ねぎの串揚げを頬張りながら、青りんごサワーとウーロン杯を二杯ずつ飲んだ。

蒼治は普段、あまり酒を飲まない。嫌いではないし、弱くもないが、日常的に飲む習慣がない。人と会えば自然と盃《さかずき》を交わすけれど、自宅に酒は持ちこまない。ひとりで飲むのは散歩のついでにふらりと立ち飲み屋に寄ったり、近所の居酒屋に夕食を食べにいったときくらい。それもせいぜい二、三杯だ。

しかし、その日は飲むのをやめられなかった。自棄《やけ》になっていたわけではないし、ムキになっていたわけでもないつもりだった。にもかかわらず、串揚げ屋の次に入った中華食堂でもまだ飲んだ。昔ながらのあっさり醬油《しょうゆ》味のラーメンで締めようと思っていたのに、メニューに好物のピータンがあったからだ。結局ラーメンは食べず、ピータンをつまみに紹興酒を三合飲んだ。

さすがに眼がまわってきて帰宅しようと地下鉄東西線に乗りこんだものの、乗り換えるべき飯田橋《いいだばし》駅まで辿《たど》りつくことができず、ひとつ前の神楽坂《かぐらざか》駅のトイレで盛大に吐いた。駅のトイレはどうしてこんなにも汚いのだといつも悪態をついているのに、その日は自分が汚した。

酔いを覚まそうとホームでミネラルウォーターのボトルを丸々一本飲んだが、それも全部吐いた。グロッキー状態になるかと思ったら、吐いたことでかえって気分がすっきりし、また酒を飲みたくなった。

気分はすっきりしても、思考回路はすっかり壊れていたのだろう。我ながら完全にどうかしていた。

神楽坂の路地裏をふらふらと歩きまわり、店を物色した。狭い石畳の道が情緒満点で、東京ではないどこかに迷いこんでしまったようだった。小粋な小料理屋やビストロなど、敷居の高そうな店が多かった。電車に乗って遠出をするなんて久しぶりだったから、財布には現金がけっこう入っていた。せっかくだからいつもなら敬遠するような店に、あえて入ってみようと思った。

重厚な木製の扉が眼にとまった。近づいていくと、「ＴＨＥ　ＢＡＲ」という銀のプレートがついていた。続きに固有名詞があったような気がするが、それは覚えていない。

外から店内の様子はうかがえなかった。紳士的な大人の社交場という雰囲気だけは感じた。自分を紳士などと思ったことは一度もないが、ないからこそ重い扉を開けて店に入った。入ったはずだ……。

記憶はそこでぷっつりと途切れている。

気がつけば、自宅の床で寝ていた。全裸だった。同じように全裸の女がベッドにいた。知らない女だった。たぶん死んでいる。訳がわからなすぎて、悲しくもないのに涙が出てきそうになる。

まず、自分が女を部屋に連れこんだということが、どうしても信じられない。

たとえば、神楽坂のバーにいた女と意気投合し、その日のうちにベッドインしてしまう――蒼治はそういうタイプの人間ではない。酒場でひとりで飲んでいるとき、同性であっても声をかけられるのを嫌う。煙草を吸いまくり、話しかけるなというオーラを全開で出す。ナンパなんてもってのほかだ。したことがないし、しようと思ったこともない。

ハッとして、股間のものに触れた。性器が湿っぽいのはいつものことだが、いつも以上にベタついている。しかも、なんだかひりひりする。普通じゃない。触れた指の匂いを嗅いだ瞬間、生臭さに顔をそむけた。精液の匂いがした。

セックスをしたのだ……。

顔から血の気が引いていった。ベッドの側《そば》に、丸められたティッシュが蟻塚《ありづか》じみた山をつくっていた。その光景もまた、情事のあとを濃厚に感じさせる。触るのが嫌で、ゴミ箱に捨てる気にもなれない。

あり得ないことばかりが次々と目の前に立ちはだかり、冷静になることを許してくれなかった。いくら正体を失うほど酔っていたとはいえ、自分が知りあったばかりの女とセックスすることなんてあるだろうか。あり得ない！　という言葉だけが、頭の中をぐるぐるまわる。

ゲーム会社の山本には、「リアルに彼女いたことある？」と馬鹿にされたが、蒼治だって女と付き合った経験くらいあった。ただ、長続きしなかった。別れに至った原因はいくつかあるが、そのうちのひとつが、セックスに対して積極的になれないことだった。蒼治にはそういうところがあった。性欲がないわけではない。しかし、セックスをするくらいなら、二次元の妄想に浸りながら自分で処理したほうがいいと思ってしまう。裸で抱きあったり、性器を繋《つな》げることに、拭いきれない嫌悪感がある。

そんな自分が、出会ったその日にセックス？

この女はいったい何者なのだ？

床に服が散らかっていた。自分のものだけではなく、女物の服もある。ローズピンクのジャケット、黒いスカート、光沢のある白いブラウス。下着もあった。甘酸っぱい匂いが漂ってきそうな、チェリーレッドのブラジャーとショーツ。よほどあわてて脱いだのか、あるいは脱がされたのか、ショーツがめくれて内側の白い布地が露《あら》わになっている。蒼治は眼をそむけた。

バッグも転がっていた。明るいグレイのトートバッグ。革だから高そうだった。

中をのぞいてみた。金属製のキーホルダー、フリスクが二種類、シャネルのマークがついた化粧品用の黒いポーチ、名刺入れらしきもの、花柄の薄いハンカチ、除菌シート……いちばん存在感を放っていたのが財布だった。オレンジ色の長財布だ。開けてみると、運転免許証が出てきた。

星奈千紗都《ほしなちさと》。

にわかに心臓が早鐘を打ちだした。その名前は記憶にあった。

中学の同級生だ。所沢西中で三年間ずっと同じクラスだった。といっても、特別仲がよかったわけではない。千紗都はスクールカーストの上位層、その中でもトップに近かった。クラス委員を歴任し、成績もよければ運動神経も抜群、女子バレー部のエースであり、なにより容姿がずば抜けていた。

芸能プロダクションからスカウトがきている——そんな噂《うわさ》が絶えないほどの美少女で、ミスコンがあれば優勝確実。猫のように大きな眼をして、肌が白いから透明感がすごかった。ストレートの長い黒髪はつやつやと輝いて天使の輪があり、ポニーテイルにすると可愛《かわい》さが倍増した。そのくせ気さくな性格で、誰とでも分け隔てなく接し、彼女が笑うとその場がパッと明るくなった。

免許証にある写真をまじまじと眺めた。彼女も三十歳になっているはずだが、美少女時代の面影が残っていた。きりっとした表情で写っているせいか、かつてより美人度が増しているような気さえする。

スクールカーストの上位層にいた千紗都に対し、蒼治は最下層だった。落ちこぼれだが不良にもなれない、中途半端なつまはじき者。登校し、授業を受け、給食を食べ、また授業を受けて下校する――その間、誰ともひと言も口をきかない日なんてざらだった。べつにいじめを受けていたわけではなく、自分から進んでそういう存在になったところがある。疎外感を覚えていなかったわけではなかったが、それを打破するために努力するのは嫌だった。

つまり、三年間同じクラスにいた元同級生でも、蒼治と千紗都はほとんど接点がなかった。立ち位置が違いすぎる。卒業して以来、会ったこともなければ、SNSで繋がってもいない。正真正銘、いまが十五年ぶりの再会なのである。

恐るおそる、ベッドに眼を向けていく。近づいていくことも、正視することもできない。千紗都はカッと眼を見開いたまま動かない。普通の死に方ではないような雰囲気が漂っている。首に赤い痣《あざ》があるのが見えた。絞められたのだろうか。となると、絞めた犯人は、自分……。

記憶が取り戻せないことに、正気を失ってしまいそうだった。十五年ぶりに再会した元同級生とゆきずりのセックスをしたという事実が信じられないし、ましてや殺人のような異常なことまでしでかしてしまうなんて……。

不意に、首に違和感を覚えた。千紗都の首に残った痣を見たから気になったのかと思ったが、そうではなかった。たしかに少し痛む。足元にベルトが転がっていた。表が黒、裏が茶色の革ベルトが、絶命した蛇のようにねじれていた。バックルが壊れている。リバーシブルの連結部の金属がはずれている。

なにかがおかしかった。蒼治は普段、ベルトなんて抜かない。ズボンに通したままクローゼットのハンガーに吊《つる》す。足元のほうから吊れば、ベルトの重みでズボンの皺《しわ》が伸びるような気がするからだ。

部屋の隅に視線を移した。先ほど眼を覚ました場所だ。扉があった。外に続くのではなく、開けると短い廊下があって、右がバスルームと洗面所、左がトイレ、突きあたりが玄関。

ドアノブを注視した。握り玉式ではなく、レバー式だ。そこにベルトをかければ首吊り自殺ができることを、蒼治は知っていた。いわゆる非定型縊死《いし》。足のつかない高いところでなくても、座って尻が浮く体勢をとれれば、首吊り自殺は可能である。

ドアノブにタオルをかけて自殺を図ったミュージシャンの話を知り、そんなやり方で死ねるのか、と不思議に思って調べたのだ。といっても、ネットでちょっと検索しただけだが、べつに珍しいやり方ではないらしい。

背中に冷や汗が伝った。

自分はつまり、自殺しようとしたのだろうか。千紗都の首を絞めて殺してしまい、その罪悪感から衝動的にドアノブにベルトをかけ、非定型首吊り自殺を図った。しかし、意識は失ったものの、バックルが壊れて死には至らず。頸動脈《けいどうみゃく》を絞めたことで脳が記憶障害を起こし、なにも覚えていない。もちろん、自殺以前に泥酔していた影響もあるだろう。

死に損なったのか……。

恐怖が石の塊のように喉を塞ぎ、しばらく呼吸ができなかった。自殺を考えたことは何度もあるが、実行したのは初めてだった。それが失敗して、よかったのか、悪かったのか……。

現実に戻る必要があった。

この部屋で——蒼治が賃貸契約して五年以上住みつづけている自宅マンションで、女がひとり死んでいる。これがファクトだ。警察に通報すれば、どう考えても蒼治が容疑者。千紗都の首に指紋でも残っていれば、犯行は確定。記憶があろうがなかろうが、有罪判決を受けて刑務所送りとなる。

ぶるっ、と身震いが起きた。床に散らかった服を集め、あわてて着た。寒かったわけではない。逃げるためだ。ほとんどパニックを起こしていた。

刑務所だけは絶対に嫌だった。

蒼治は十代の終わりに、少年刑務所に入っていたことがある。地元の怖い先輩に脅され、窃盗団のようなことをして捕まった。三人グループで深夜の工事現場に忍びこみ、電気ドリルやコンクリートカッターなどの高価な工具を盗む。そのうち発電機などにも手を出すようになり、最終的にはトラックを乗りつけて建築資材をごっそり運びだすようなことまでしていた。

蒼治の役割は主にクルマの運転と見張りだったが、現場に踏みこんだこともなかったわけではない。先輩に脅されて断りきれなかったと訴えたものの、被害総額が千万単位になったことから、保護処分にはならずに一年三カ月の実刑判決が言い渡された。

両親を相当傷つけたことは間違いなかった。教員ではないものの、学習塾を経営しているということは教育者の端くれであるわけで、その息子が窃盗団で逮捕では、立場も面子《メンツ》も丸潰れだったろう。

それでも蒼治は、これで悪い仲間と縁が切れると、どこかで安堵《あんど》していた。逮捕されてよかったとさえ、心の片隅で感じていたかもしれない。

安堵などしている場合ではなかった。

少年刑務所は地獄だった。

そのときのトラウマから集団生活がいっさいできなくなり、出所するとひきこもりになった。社会復帰するためには、フリーランスで生活できる努力を自力でしなければならなかった。

塀の中に戻されるなんて、冗談ではなかった。そんなことになるくらいなら、どこかに行方をくらましたほうがはるかにマシだ。あるいは、昨夜は失敗してしまったらしい自殺に、もう一度トライしてみたっていい。

第二章　死者のプロフィール

1

クローゼットの中にトランクはなかった。旅行などしないからだ。パスポートもない。逃げるにしても、海外は無理だ。

ナイロン製のスポーツバッグに、服や下着を放りこんだ。衣装持ちではないので、取捨選択に時間はかからなかった。立ちあがって部屋を見渡した。

イームズデスクユニットの上に、マックプロが鎮座している。蒼治の唯一と言っていい財産だ。デスクやチェアだってかなり値の張るものだし、仕事スペースであるその一角だけには、二百万くらい注《つ》ぎこんでいる。

クルマで逃げるつもりだから、運びだせないこともなかった。しかし、運びだしてどうするのかを考えると、暗澹《あんたん》とした気分になる。もう仕事で萌《も》え絵は描けない。

高田馬場のゲーム会社に切られたからではなく、殺人を犯した逃亡者だからだ。仕事などできるはずがなく、貯《たくわ》えが尽きるまで、ただ逃げるだけ……。

「なんなんだよっ！」

ベッドにいる千紗都を涙眼で睨《にら》みつけた。

「おまえのせいだろう？　僕が女を部屋に連れこんでセックスなんてするわけないんだ……おまえが誘惑したんだろ……おまえがセックスに誘って、挙げ句に殺されるようなことをしたから、こんなことになったんだろ……」

相手は死体なのに、気圧《けお》された。死体だから、かもしれない。息をしていないのに、眼を見開いている。怖い……。

蒼治は近づいていき、恨みを込めて千紗都を見下ろした。震える指先を顔に近づけていった。そっと瞼《まぶた》をおろした。そうすると、ずいぶんと印象が変わった。安らかに眠っているように見えた。とはいえ、死体は死体だった。おまけに全裸だから眼のやり場に困る。クローゼットから洗濯ずみの白いシーツを出し、足から顔まですっぽりと覆い隠した。

不思議なことがひとつあった。彼女は枕に足を向けて寝ていた。まさか北枕を嫌ったのだろうか。縁起が悪いと言われている北枕だが、蒼治はそのほうがよく眠れるので、枕が北側にある。それにしたって足元に枕が置いてあるのは不自然だったが、枕の位置を変えてやる気にはなれなかった。

どんな理由であれ……。

三十歳の若さで命を落としてしまった千紗都に対し、同情心がまったくないわけではなかった。可哀相《かわいそう》だな、と思う。蒼治と違って中学時代から将来を嘱望《しょくぼう》され、彼女はいま、その輝かしい将来を生きていたはずなのだ。

ここに残して蒼治が逃げれば、いずれ腐乱死体になるだろう。美しい顔が二目と見られないほど醜く朽ち果てて、蛆《うじ》がわく。

さすがに気の毒な気がした。

死体をどこかに埋める、という選択肢はないだろうか。

絶対に見つかりそうもない山奥で、土に還《かえ》してやるのだ。そうすれば、千紗都は世間的に失踪者。死んだかどうかもわからない。蒼治が逃げる必要もなく、いままで通りの生活を続けられる。

もちろん、失踪直前に会っていたのは蒼治だと、警察が突きとめる可能性は低くない。神楽坂のバーで再会したとすれば、店の人間が一緒にいたと証言するはずだ。このマンションの管理人は昼間しかいないが、深夜まで住人の出入りはある。千紗都と帰ってきたところを、誰かに目撃されているかもしれない。いや、そもそも廊下にもエレベーターにも監視カメラがあるではないか。

絶望に打ちひしがれそうになる自分を、懸命に励ました。それでも死体さえ見つからなければ、逮捕はされない。この部屋に残った指紋などの痕跡を丁寧に消し、死体さえなんとかしてしまえば……。

寒気がした。

死体を山奥に運んで埋める――そんなことが果たして自分にできるだろうか。真っ暗な山の中、スコップで穴を掘っている自分の姿を想像してしまった。傍らには死体。きっと鬼気迫る表情をしている。眼は血走って、顔中が汗にまみれ、ガチガチと歯を鳴らしている。どこからか犬の遠吠《とおぼ》えが聞こえてくる。なるべく深く掘らないと、犬に掘り返されてしまうと焦っている。掘り返されたら、千紗都が犬に食われてしまう……。

動悸《どうき》が激しくなりすぎて、胸の表面まで痛くなった。想像しただけで、顔中から脂汗が滲《にじ》みだしてきた。胸を押さえながらアーロンチェアに腰をおろし、呼吸を整えた。

逃げるにしろ死体を処分するにしろ、まずは気持ちを落ちつけなければならなかった。こんなパニック寸前の状態でハンドルを握り、人身事故でも起こしたら最悪だ。自分はともかく、誰かを巻きこむわけにはいかない。もうこれ以上、人なんて殺したくない。

マックの電源を入れた。ハードディスクを初期化したほうがいいかもしれない、と思ったからだった。

逃亡を選んだ場合、絶対に中身を確認される。萌え絵を警察に見られるのも勘弁してほしいが、パソコンは脳の一部みたいなものだ。どこから足がつくかわからない。ネットの履歴から持ち主の性格を割りだし、逃亡先の目星をつけるようなことだってできないとは限らない。

初期化する前にメールをチェックした。フォルダに入っていたのは、業者からの営業メールだけだった。Ａｍａｚｏｎ、ｄマガジン、Ｎｅｔｆｌｉｘ、ＦＡＮＺＡ動画、ＭＧＳ動画――最後のふたつはアダルト系だ。

やはり初期化は必須に思われたが、ほとんど習慣的にツイッターを開いていた。ハッとしてすぐにフェイスブックに移った。

蒼治はツイッターを仕事関係、フェイスブックをプライヴェートときっちり分けている。結果、フェイスブックはほとんど利用していないのだが、所沢西中の元同級生と何人か繋《つな》がりがあった。地元にはまるで寄りついていないし、関心もないのだが、なんとなく繋がってしまったのだ。

中村博史《なかむらひろし》。

脇田亮《わきたりょう》。

赤井初音《あかいはつね》。

全員に同じ文面のメッセージを送った。

――星奈千紗都って、最近どうしてるか知ってる？

早々の返信は期待できなかった。時刻はまだ、午前九時十三分。普通の人間は働きはじめている。あるいは通勤途中。ひとりがすぐにメッセージを返してきたので、逆に驚いた。

赤井初音からだった。子なしの専業主婦なので、暇らしい。

――千紗都はバリキャリで、東京暮らしよ。二年くらい前かなあ、新宿で女子会したんだけど、タイトスーツとかばっちり決めて、いかにもできる女って感じだった。

――どこに勤めてるんだろう？

――大道《だいどう》不動産じゃなかったかなあ。

世間に疎い蒼治でも名前を聞いたことがある大企業だ。千紗都のバッグを探ってみた。先ほど中を見たとき、名刺入れのようなものがあったからだ。確認すると、たしかに大道不動産の名刺が入っていた。

驚いたのは「所沢支店」と入っていたことだ。ということは、所沢の実家に住んでいるのか。初音は「東京暮らし」と書いてきたけれど……。

訊《たず》ねてみたかったが、大道不動産に勤めていることを知らなかったのに、勤務地だけを知っていたら怪しまれる。

——千紗都がどうかしたの？

——いやべつに……ちょっと夢に出てきたから、気になって。

——それマジで言ってんの？　南野くんって、ホント変わってるね。

本当に夢に出てきただけなら、どれだけよかっただろう。

——実は会ってみたいと思って。

——はっ？　なんで？

——中学のとき憧れてたんだよ。まだ独身なら、僕にもチャンスがあるかもしれないじゃないか。

リアルに面と向かっていたら、絶対にそんなことは言えなかった。ネットは便利だ。平気で嘘《うそ》をつける。

――へー、千紗都モテたもんねー。でも無理じゃない？

――もう結婚してんのかな？

――それはないと思う。してたら絶対噂《うわさ》が聞こえてくるもん。

――僕にはレベル高すぎるって言いたいわけか？

――まーそー。ごめん。

――自分でもわかってるよ。でもさ。告白くらいしたっていいんじゃない？　このままだったら、あとで絶対後悔すると思うんだよね。

不思議な気分だった。元同級生が即座に無理だと断言するような高嶺《たかね》の花と、自分はすでに寝ているのだ。十中八九、セックスしている。初音にそれを伝えたら、どんな反応が返ってくるだろう？

――朝から熱いね、南野くん。

――冗談だよ、忘れて。

――冗談なの？　本気なら、千紗都に連絡してあげてもいいよ。

――いや、いい。お恥ずかしい話だけど、マジで夢に出てきただけなんだ。悪かったね、朝からおかしな話に付き合わせて。

天井を見上げて、息をついた。赤井初音がどんな女だったのか、蒼治の記憶は曖昧だった。フェイスブックで繋がっていても、日記を読んでいるわけではない。リア充の生活になんて興味ない。

――千紗都のツイッター見た？

――えっ？　ツイッターやってるの？

――「ちさ@starry_skies」でヒットするはず。あー、教えなきゃよかったかな。DM《ダイレクトメッセージ》で連絡とれちゃうね？

――だからそれは冗談だって。

急いで「ちさ@starry_skies」で検索した。蒼治もツイッターのアカウントはもっているが、ほとんど見る専で、発信することは少ない。自作の宣伝と、せいぜいリツイートくらいだ。

同業者やその予備軍の、なんでもとことんまで追求しようとするオタク気質についていけない。ゲームでもアニメでも、蒼治はどっぷりオタクというわけではない。仕事の参考にするために眼を通しているだけで、極端に言えば、自分で萌え絵を描くことだけが好きなのである。

千紗都のページは、綺麗《きれい》な星空がヘッダー画像に使われていた。天の川だろうか。

数えきれないほどの星が瞬いている。星奈という苗字《みょうじ》だから、星が好きなのだろか。starry skiesというのも、満天の星という意味だ。

最後のつぶやきが、二週間前だった。

――少し元気出た。

トマトスープの画像がついていた。ボウルはレモンイエロー、テーブルクロスは紺のギンガムチェック。自宅なのかレストランなのかは、わからない。

画面をスクロールし、画像がついているところを中心に読んでいく。

――ハワイで友達の結婚式に出席してきました。

真っ青な空の下、白い砂浜を歩いている新郎新婦が遠くに見える。

――パリピな気分！

ナイトプールの景色。

――吸いこまれそうな眺めです。

今度は高層ビルからの夜景だ。続いて、銀座《ぎんざ》でフレンチ。やっぱり宝塚《たからづか》最高。夏フェスであげあげ。三年ぶりのディズニーランド。丑《うし》の日の鰻《うなぎ》。湘南《しょうなん》の風はさわやか。台湾《たいわん》小皿料理おいしー。横浜《よこはま》でナイトクルージング。久々のゴルフ、スコアは内緒……。

蒼治はうんざりした顔で、煙草に火をつけた。もちろん、彼女は悪くない。だが、通り一遍のリア充ぶりに、幻滅せずにはいられない。

先ほど、「中学のとき憧れてた」と初音へのメッセージに書いた。嘘は嘘でも、まるっきりの嘘ではなかった。中学時代の千紗都は、クラスの男子が全員憧れているような存在だったのだ。いや、先輩も後輩も、全校の男子という男子が羨望のまなざしを向け、他校からも告白にやってくるやつがいた。

頭がよくて、性格もよくて、芸能界から誘いがくるような美少女なのに、気さくに誰とでも話をする――憧れないほうがおかしい。

バレー部の試合は見たことがないが、運動会での勇姿はいまも鮮明に思いだせる。千紗都はいつもリレーのアンカーで、ポニーテイルに鉢巻きをした凛々《りり》しい顔でまなじりを決し、バトンを渡されるとビュンビュンと風を切って走り、ゴールまでに何人も抜き去った。恋などという次元ではなく、素直に格好いいなあと思えた。

それが、大人になったらこの有様とは……。

中学時代の彼女を知る者としては、もっと特別ななにかになっていてほしかった。大げさに言えば、この腐りきった世界を変えていく革命家のようなもの――デモを扇動するとか、そういうことではない。悪徳はびこるコミュニティを、笑顔だけを武器に浄化していくことだって立派な革命だ。それほど彼女の笑顔はまぶしかったし、清らかな存在だった。

ハワイ旅行やナイトプールが悪いわけではない。流行《はや》りのレストランで舌鼓を打ち、遊園地やゴルフで気分転換を図ることが間違っているとも思わない。だが、それらはすべて、世俗にまみれている。堕落した世間に魂を売り渡すかわりに、快楽の上澄みをちょっとだけ分け与えられているような、そんな感じがしてならないのだ。

メッセージがきた。

今度は中村博史からだった。

——朝っぱらからどうした？

——悪かったね。べつにどうでもいいような話なんだ。

——どうでもいいとは？

——夢で星奈を見たんだよ。で、最近どうしてるかって気になったわけ。

——おまえマジ暇人だわ。ひきこもり歴三年の俺が引いたわ。

——中村ってひきこもりなの？

その問いに対する答えはなかった。かわりにこんなメッセージがきた。

――星奈っていえば、鶴川《つるかわ》救出事件を思いだすな。

時間が急に、過去へと巻き戻されていった。

2

あれは中二の冬のことだ。

蒼治はクラスの中ですっかり孤立していた。どちらかと言えば望んでそうなった結果なので、クラスメイトに恨みはない。だが、こちらのことを気にかけて、いちいち呼びだしてくる担任の森野忠志《もりのただし》は、心の底から鬱陶しかった。

「どうした南野？　どうしてそんなにクラスに馴染《なじ》めない？　まあ、気持ちはわかるけどな。実は俺もそうだったんだ。まわりが全部馬鹿に見えて、ひとりで本でも読んでるほうがマシだって思ってる、淋《さび》しい中学生だった。大人だって信じられなかった。嘘と欺瞞《ぎまん》の象徴に思えて……」

森野忠志は不潔な男だった。四十を過ぎても独身なのは、眩暈《めまい》を誘うほどきつい口臭と、フケだらけの髪のせいに違いなかった。白眼がひどく黄ばんでいて、ワイシャツの襟は垢《あか》で黒ずみ、黒い革靴は埃《ほこり》まみれで真っ白――そんな人間になにを言われても、心に響くわけがない。

気持ちはわかる？　よしてくれ。俺はあんたみたいな大人にならないためなら、どんな努力でもする用意がある。いっそ社会からはみ出してしまってもいいという覚悟だってある。

なにを言われても適当にうなずいていただけだったが、ある日、ついに我慢の限界を超えた。顔を見るのも嫌になり、このままでは不登校になってしまいそうだったので、森野忠志を全否定するための行動に出ることにした。

蒼治は当時から煙草《たばこ》を吸っていた。誰に勧められたわけでもない。自分で買って、ひとりで吸いはじめた。家で吸うわけにはいかないので、夜中に公園に行ってこっそり紫煙をくゆらせていたのだが、学校で吸ってやることにした。幼稚な発想かもしれないけれど、森野のごとき薄汚い俗物と一線を画すには、どうしても必要な儀式だった。

場所は屋上を選んだ。所沢西中のまわりには、高い建物がない。煙が見つかりにくい。凍えるように寒い日に決行した。そういう日なら、誰も屋上にやってこないだろうと思った。

寒いだけではなく、強い風が吹いていた。昼休みだったのでクラシック音楽が放送されていたが、風に流されて切れぎれに聞こえた。

　学生服のポケットからセブンスターの箱を出した。煙も風で流されそうなのはいいとして、一本をつまみだす指はかじかんで震え、唇は乾ききってひび割れていた。なかなか火がついてくれなかった。ようやくついても、味がしなかった。強い風の中で吸う煙草は味がしないものだと、そのとき知った。自由の味、みたいなものがするかもしれないと期待していた。まったくしないどころか、だんだん馬鹿馬鹿しくなってきた。この寒い中、味のしない煙草をひとり黙々と吸っている自分が滑稽でならなかった。

　人が来る気配がした。心臓が縮みあがったが、逃げ場は確保してあった。階段室の陰に隠れ、煙草を消した。吸い殻を階段室の上に放り投げた。風に吹かれて校庭の方に飛ばされてしまい、気が遠くなりそうになった。

　身を隠しながら、誰がやってきたのか確認した。女子の後ろ姿が見えた。柵に向かって走っていく。跳ねあがったスカートが風を孕《はら》み、太腿《ふともも》の裏側がほとんど全部見えていた。いまにも下着まで見えそうだったが、好奇心に胸を躍らせることはできなかった。もうひとり、屋上に人が飛びだしてきたからだ。

「待って、鶴川さんっ！」

星奈千紗都だった。ひどく焦っていた。追いかけている相手は、鶴川素子《もとこ》のようだった。彼女もクラスメイトのひとりだった。学年一の秀才にして、嫌われ者のいじめられっ子。プライドが高すぎるほど高いので、いじめられてもへこたれない。給食のプレートの上で黒板消しを叩《はた》かれるようなことをされても、顔色を変えずに教師にそのことを告げ、新しいプレートを要求する。クラスに馴染めないという意味では蒼治と双璧と言ってよく、彼女もまた、森野忠志に呼びだされている常連だった。

あとでわかったことだが、その日に知らされた学年末テストの結果が、すこぶる悪かったらしい。学年一位が定位置なのに、八番とか九番で、それにしたって蒼治のような落ちこぼれからすれば見上げるほどいい成績なのだが、ひどく落ちこんでいたという。一位は千紗都だった。耳敏《みみざと》くそれを知った男子のいじめグループが、鶴川素子をからかった。

「おまえ、顔でも性格でも運動神経でも星奈にボロ負けなのに、成績まで負けたらおしまいだな」

どんなにいじめられても涙なんか見せなかった鶴川素子も、さすがに泣いたらしい。泣きじゃくりながら教室を飛びだした。

屋上にやってきたのは、衝動的に飛びおり自殺を図るためだった。事情を知らなかった蒼治にも、ただごとではないと理解できた。鶴川素子はスカートがめくれるのもかまわず、上履きを飛ばしながら一目散に柵に向かって走った。

「待ってっ！　待ってよっ！」

追いかける千紗都は、足が速かった。スカートを跳ねあげて走る姿は、運動会のときより迫力があった。柵のところで追いついた。それでも鶴川素子は、柵を乗り越えようとした。普通の状況なら、バレー部のエースが帰宅部のガリ勉に負けるわけがない。しかし、泣きじゃくりながら飛びおり自殺を図ろうとしている鶴川素子は、火事場の馬鹿力を発揮した。

「放っといてよっ！」

絶叫とともに、千紗都を突き飛ばした。尻餅をついた千紗都は、啞然《あぜん》とした顔をしていた。その隙に、鶴川素子が柵に足をかけた。千紗都はあわてて立ちあがり、鶴川素子の腰にしがみついた。

「誰かっ！　誰か来てっ！」

切羽つまった絶叫も強い風に飛ばされ、とても階下まで届きそうにない。援軍は現れないだろう。千紗都がひとりでなんとかできそうなら、蒼治はわざわざ出ていかなかった。このままではマジで飛びおりる、と思ったから走った。鶴川素子のことは嫌いだったし、千紗都にいいところを見せようとしたわけでもない。とにかくとめなければならないと、衝動的に体が動いたのだ。

「鶴川っ！　落ちつけよっ！」

制服を乱暴につかみ、声量マックスで怒鳴った。そのときハッとこちらを見た鶴川素子の顔を、よく覚えている。涙に濡《ぬ》れた顔が怒りに歪《ゆが》んでいた。続いて、瞳に諦観が浮かんだ。男子にまでとめられたら、さすがに柵を突破できないと思ったのだろう。怒りに歪んでいた顔が、みるみる恥にまみれていき、わっと声をあげて泣き崩れた。

蒼治はふうっと息をついた。

「……ありがとう」

千紗都が息をはずませながら近づいてきて、蒼治の肩に手を置いた。ねぎらいの意味ではなく、なにかにつかまっていないと立っていられないという感じだった。顔が近かった。凍えそうなほど寒いのに、汗の匂いがした。

顔の近さに驚いている蒼治をよそに、千紗都はほとんど放心状態だった。蒼治よりずっとリアルに、鶴川素子の死を感じていたからだろう。実際、彼女が追いかけてこなければ、鶴川素子は本当に死んでいたかもしれない。

「よかった……南野くんが来てくれなかったら、どうなってたか……」

千紗都の眼から、涙がこぼれ落ちた。ふっくらした頬が薔薇《ばら》色に染まって、そこに大きな涙の粒が伝った。眼の大きな人は涙の粒も大きいのだなと、どうでもいいことを思った。

蒼治は千紗都の手を振り払って、屋上から立ち去った。単純に照れくさかったのもあるし、千紗都の泣き顔を見たくもなかったのだろう。

蒼治がその場からさっさといなくなったので、鶴川素子の自殺をとめたのは千紗都ひとりのお手柄、と校内にはひろまった。べつによかった。問題は、それが蒼治にとってたったひとつの千紗都との思い出、ということだ。三年間も同じクラスにいたのに、一緒のグループで研究発表したとか、文化祭で共同作業をしたとか、不思議なくらいそういう機会がなかった。

だからこそ、よけいにその記憶が鮮明なのかもしれない。

ただ単にふたりで鶴川素子を助けただけではなく、内面的ななにかが共鳴していたような気がしてならなかった。

衝動、のようなものだ。鶴川素子が衝動的に自殺を図ろうとしたように、蒼治は衝動的に彼女の自殺をとめた。命の尊厳みたいなことを頭で考える前に体が動いていた。とにかく目の前で死んでほしくなかった。

千紗都もそうだったのではないだろうか。

衝動的に自殺したくなる気持ちはわかるが、自殺をとめる衝動はいったいどこから生まれてくるのか。いくら考えても、わからなかった。千紗都に訊ねてみたかったけれど、もちろんそんな機会は卒業まで訪れなかった。

訊ねたら、彼女はなんと答えただろう？

わからない。

自分が同じ質問をされたとしても、相手が納得するような答えを口にできる自信はなかった。

3

中村博史とのメッセージのやりとりは続いていた。

――鶴川素子の末路って知ってる？

――末路？　知らないけど……。

嫌な予感を覚えながら、蒼治はキーボードを叩《たた》いた。

中村のことは、赤井初音より明瞭に記憶に残っている。目立ちたがりのお調子者だったからだ。教師たちは授業中に笑いが欲しくなると中村をいじったし、中村もみなに笑われることを楽しんでいた。

その一方で、中村が腹黒い性格をしていることを蒼治は知っていた。修学旅行で同じ部屋だった。蒼治は寝たふりをしていたが、他の三人は照明が消えた暗い中、いつまでもおしゃべりをやめなかった。

しゃべっていたのは主に中村で、内容は人の悪口ばかりだった。それも、誰それの家は貧乏で生活保護を受けているとか、誰それの父親は性犯罪で前科があるとか、笑えないような話ばかりだった。

——鶴川って、すげえ偏差値高い女子高に合格したじゃん。

——そうだっけ?

蒼治は知らなかった。興味がなかったからだ。

——毎年東大合格者を何十人も出すところだよ。で、あまりにレベルが高すぎてついていけず、結局中退。

——そりゃあ、お気の毒……。

――高校中退したって、大検経由で大学受ければ、現役で入学できたのにな。どういうわけか、あいつは東京に出て、夜の街で働きだした。

――キャバクラとかか？

ちょっと想像がつかなかった。こう言っては申し訳ないが、鶴川素子は誰が見てもそうとわかる不美人だった。おまけに、媚《こ》びを売るのが苦手で我が強い。キャバクラ嬢に向いているとは思えない。

――飲み屋でも働いてたみたいだけど、もっとえぐいこともしてたらしい。デリヘルとかピンサロとか。

――嘘だろ……。

風俗になど行ったことがない蒼治だったが、デリヘルやピンサロがどういうところかは知っている。手や口を使って、男を射精に導く。

――けっこう人気あるって自慢してたらしいぜ。実際、すごい金もってて、全身ブランドもので固めていたって話もある。

――べつにいいんじゃないの……それで幸せなら……。

やりとりをしているのがつらくなってきた。蒼治にしても、萌え絵のイラストレーターだからだ。ハードなエロは得意ではないものの、それでも健全な人たちに眉をひそめられるものを描いたことはある。鶴川素子と違い、人に自慢したこともなければ、たいして金ももっていないが……。

——そうね。幸せならいいんだけどね。

——幸せじゃないのか？

——悪い男に引っかかって妊娠した。子供を産んだら捨てられた。

——マジかよ……。

——シングルマザーで実家に出戻り。育児ノイローゼ。いまココ。

——えらい詳しいな。

——鶴川の実家って、うちのすぐ近くの市営団地だもん。知りあいがいっぱい住んでる。嫌ってほど噂話が舞いこんでくる。

——なるほどな。

——ただのノイローゼならまだしも、どうやら児童虐待までしてるみたいでね。毎週のように相談員がやってきてるとか。

——ひどい話だな。最悪だ。

——自分があれだけいじめ抜かれてたんだから、可愛《かわい》い我が子をいじめるなって思うけどね。

──幼児虐待なんて、いじめどころの騒ぎじゃないだろ。

──鶴川に虐待された子供がどんな大人に育つのか、考えただけでゾッとするよ。あ、飯できたみたいだから、ちょっと食ってくる。またな。

実家でひきこもっているらしい──蒼治は深い溜息《ためいき》をついた。

ゾッとしている中村は三十歳にもなって仕事もせず、朝からネットで黒い噂話。そんな息子に、母親はどんな気持ちで食事をつくっているのだろう？　中村は他人の子供の心配をするより、まずは自分の将来を心配するべきだが、一方の蒼治はもっと立場が悪かった。虐待どころか殺人者だ。そこのベッドで、千紗都が死んでいる。

不意に、耳底に蘇《よみがえ》ってくる声があった。

「わたしたち、悪いことをしたのかもしれないね……」

千紗都の声だった。

「あのとき鶴川さんを助けなければ、子供も生まれてこなかったし、子供が虐待されることもなかったんだから……」

昨夜、彼女はたしかにそう言っていた。つまり、昔話をしたのだ。中二の冬、ふたりで鶴川素子の自殺をとめたことを話題にした。鶴川素子の現状についても、千紗都は知っていた。間違いない。

思いだせ、思いだせ、思いだせ……。

細い糸を手繰り寄せるようにして、必死に記憶を辿《たど》っていく。薄暗い場所で、肩を並べて話をした。酒を飲んでいた。おそらく、神楽坂のバーだろう。別の店かもしれないが、とにかく酒場でばったり再会し、昔話をしたのだ。昔話をする千紗都の横顔は……。

悲愴《ひそう》感に満ちていた気がする。

ツイッターでリア充自慢を繰り返す鼻持ちならない女、という印象からは程遠かった。顔立ちは大人っぽくなっていたし、装いだってそれなりに金がかかっていそうだったが、いまにも泣きだしそうな顔で悩み苦しんでいた。

もちろん、鶴川素子を助けたことを本気で後悔しているわけではないだろう。そうではなく、彼女自身が大きなトラブルを抱えていたのだ。

どんなトラブルなのか?

蒼治が殺してしまったことと、なにか関係があるのか?

記憶を取り戻したい――腹の底からこみあげてきた欲望がマグマのようにたぎって、体中の血液を逆流させた。全身の素肌という素肌が鳥肌立ち、悪寒じみた身震いがとまらなくなった。これほど切実になにかを求めたことなど、生まれて初めてかもしれなかった。

千紗都を殺したなら殺したで、なにか理由があったはずだ。どうしても、それが知りたかった。訳がわからないまま、殺人者になるのは納得できない。

十五年ぶりに再会した元同級生とセックスし、殺した——そんなあり得ない状況を背負ったまま逃げだしたりしたら、死んでも死にきれないほど後悔しそうだった。

第三章　故郷へ

1

どうすれば記憶を取り戻すことができるのか、考えた。

原因が酒の飲みすぎにしろ、首吊《つ》りした際に頸動脈《けいどうみゃく》を絞めたせいにしろ、忘れているだけで脳にデータは残っているような気がした。だから、ほんの少しではあるけれど、千紗都と酒を飲んでいたときの会話と光景を思いだすことができた。きっかけさえあれば、データにアクセスできる。

いちばん効果がありそうなのは、神楽坂のバーに再訪することだろう。店の人に、昨夜の様子を訊《たず》ねてみればいい。カウンターに座っていたなら、きっと覚えていてくれる。自分はともかく、千紗都は美人だ。記憶に残る。

神楽坂という地名と、「ＴＨＥ　ＢＡＲ」というキーワードを頼りに、ネットで店を検索してみた。それらしきところは二、三軒あったが、どこも営業開始が午後六時とか七時だった。

時刻はまだ午前十時十分だ。とりあえず昼間のうちにできることはないだろうか。中村博史とメッセージをやりとりしたことで、鶴川素子の現状を知ることができた。それがきっかけで、昨夜のことを少し思いだした。関係がありそうなところには、片っ端からあたってみたほうがいい。

部屋を出るのは、ちょっと怖かった。それでも、出ていく覚悟を決める。冷房をマックスでつけておいた。すっかり秋の気配とはいえ、日中は気温があがるかもしれない。部屋に残していく千紗都の死体を、腐敗させたくない。

玄関には、ピンクベージュのパンプスが脱ぎ散らかされていた。胸をかき乱されつつ、扉を開けた。風が吹きつけてきた。

部屋の窓からは江戸川が見えるが、扉を開けた外廊下からは小岩の街が見える。見慣れた景色がひどくよそよそしく感じられ、遠い外国にでも来てしまったような気分だった。エレベーターで一緒になった豆柴《まめしば》を連れた主婦も、エントランスを掃除していた管理人も、こちらを訝《いぶか》しげな眼で見ているような気がして、嫌な汗をかいた。

錯覚だ、と自分に言い聞かせる。まわりがおかしく見えるときは、自分がおかしくなっているときなのだ。それをしっかり自覚して、気を強くもっていなくてはならない。いま目の前の光景を見ている眼は、殺人者の眼なのである。昨日までとは違う。

マンションから徒歩三分の駐車場に向かった。愛車は十年落ちのラパン。ミントグリーンだったはずだが、ずいぶんくすんで鶯《うぐいす》色になってしまった。乗りこんでエンジンをかける。ナビはないが、なんとかなるだろう。

向かう先は所沢だ。なるべく近づきたくない忌《い》まわしき地元だが、所沢に行けばなにかがわかりそうな気がした。千紗都が勤めていた会社がある。いま住んでいるかどうかは不明だが、実家だってあるはずだ。千紗都の人間関係はまったくわからないにしろ、友達だって多くいるに違いない。赤井初音や中村博史のような暇人を呼びだしたっていい。

平井《ひらい》大橋から首都高に乗った。高速道路を使ったことなんて、片手で数えられるくらいしかない。軽自動車で時速八〇キロ以上出すのは怖い。とはいえ、小岩から所沢まで下道を使ったら何時間かかるかわからない。

高速は混んでいなかった。アクセルを踏みこむとラパンは予想通りガタピシと震え、時速一〇〇キロに近づくとボディが吹っ飛んでしまいそうだった。こんなに集中して運転したのは、免許取得直後以来かもしれなかった。恐怖を呑《の》みこみながらハンドルにしがみついているうちに、所沢ＩＣに到着した。一時間もかからなかった。まるでワープしてしまった感じだった。

下道におりると、とりあえず市街地に向かった。軽自動車で時速一〇〇キロとは別の恐怖が襲いかかってきた。見慣れた景色が現れるたびに、なんとも言えない嫌な気分が喉をつまらせ、フロントガラスの向こうに航空公園が現れると、胸に鈍い痛みが走った。

航空公園沿いのけやき並木は、日本一長いらしい。普通の人が見れば、緑が多くて住みやすい場所に見えるかもしれない。

しかし、蒼治には殺伐とした思い出しかなかった。深夜、窃盗団のクルマを運転して、何度ここを通りすぎたか……。

蒼治は所沢で二十二歳まで過ごした。小学校から高校まで、全部地元の公立に通った。

実家は所沢駅西口から五分の場所にある。幹線道路に面した四階建てのビルで、一階と二階は学習塾。三階と四階が住居スペース。

実家に行ってみようという考えは、チラとも頭をかすめなかった。理由はどうあれ、自分は殺人者。漠然と、両親とはもう二度と会えなくなるだろうと覚悟していた。それでも暇乞《いとまご》いする気になれないのだから、自分はなんて冷たい人間なんだろうと思う。

たぶん、「自立しろ」とばかり父に言われて育ったからだ。「人間、働いて自分に飯を食わせることがいちばん大事だ」。それが父の座右の銘というわけではなかった。両親とも塾講師だったが、蒼治は子供のころから出来が悪く、有名大学に合格することはないだろうと、早々に匙《さじ》を投げられた。そこで、せめて自立しろ、なのだ。親に迷惑をかけるな、というわけだ。

少年刑務所の中で成人して出所すると、ひきこもりになった。そのころがいちばん自立のプレッシャーは強かった。部屋にこもって萌《も》え絵ばかり描きながら、どうすれば自立できるだろうかと考えた。集団生活ができない、学歴もなければ手に職もない、そんな自分がひとりでどうやって生きていくのか……。

完璧に無理ゲーだったが、ゲームのようにスイッチを切れば終わりになるわけではない。無理でもなんでもどうにかしなければ、家の中では両親にうんざりされ、コンビニに行くにもビクビクするような毎日が続くのである。

両親のプレッシャーもきつかったが、外で地元の先輩に出くわす恐怖はそれ以上だった。窃盗団に誘ってきた先輩は、当時まだ塀の中にいたが、他にも悪い先輩はたくさんいた。カツアゲされるくらいはまだ全然マシなほうで、オレオレ詐欺をやっているという噂《うわさ》の人もいたし、闇風俗を経営している人もいた。

そういう人たちにつかまり、人手が足りないからと駆りだされるのはもうごめんだった。彼らは覚悟をもって悪いことをしているからいいかもしれないが、こちらは平和に暮らしたいのだ。危ない橋を渡らされて、また刑務所送りになることだけは絶対に避けなければならなかった。

煙草《たばこ》に火をつけ、窓を開けた。風が吹きこんできて顔をなぶる。東京より気温が低く、空気が乾いているような気がする。

所沢には着いたものの、どうすればいいかまだ考えがまとまっていなかった。高速を走りながらアイデアを練ろうと思っていたのだが、ハンドルを握りしめて身構えているうちにあっさり着いてしまった。

とりあえず、大道不動産の所沢支店に行ってみることにした。千紗都の実家はさすがにハードルが高かった。こちらは娘を殺しているのだ。なにを聞きだすにしろ、あとからそれがバレたとき、ショックを倍増させるだろう。

そもそも実家の場所なんてわからないから、調べる必要がある。赤井初音にでもメッセージを送り、嘘《うそ》を並べて聞きださなければならない。勤め先なら名刺に住所が印刷してある。誰かに訊ねる必要はない。

スマホで位置を確認した。

所沢ICに戻るような格好で、航空公園から東に向かう。バイパスから陸橋通り、そして学園通り。目的地はずいぶんと駅から離れていた。所沢駅から歩くのは無理だ。バスで二十分はかかる。JRの東所沢駅からでも、十分以上かかるのではないだろうか。

しかも、なにもないところに、平屋の建物がポツンと一軒だけ建っていた。新しめで小さくない建物なのだが、いかにも急ごしらえな感じだった。工場の跡地なのか、まわりには更地か雑木林くらいしかない。砂埃《すなぼこり》がひどく、空気が黄色く濁っている。大道不動産と書かれた幟《のぼり》が十本ほど風に吹かれていたが、誰もが知っているその社名に対し、建物の印象が淋《さび》しすぎる。

大企業とはいえ、地方の支店というのはこんなものなのだろうか。店の前の駐車場にラパンを入れた。フロントガラス越しに、建物を眺める。ガラス窓に物件を紹介する紙が貼りつけられていて、中の様子がよくわからない。

蒼治はクルマをおり、入口に向かった。考えはまだまとまっていなかった。ここで千紗都の同僚に会って果たして記憶が蘇《よみがえ》るのか、大いに疑問だった。それでも、なにもしないよりはマシだろうと、扉を開ける。カランコロンとドアベルが鳴る。

「いらっしゃいませ」

やけに可愛《かわい》らしいアニメ声で、カウンターの中に座っている若い女が声をかけてきた。二十歳そこそこだろうか。犬のポメラニアンみたいな顔をしている。

「あ、どうも……」

蒼治はひきつった笑顔を浮かべて彼女に近づいていった。

外観から想像していたのと、室内の印象はまるで違った。受付カウンターの後ろではふたりの男性社員がデスクワークをしていたが、そこはオフィスというよりモデルルームだったのだ。デスクのさらに奥に、リビングルームやキッチンが再現されていた。

「どうぞおかけください」

ポメラニアンに言われ、蒼治は彼女と向きあって腰をおろした。胸のネームプレートを見た。三國麻衣《みくにまい》という名前らしい。

「お部屋をお探しですか？」

「ええ、まあ……」

「分譲でしょうか？」

「いえ、賃貸……」

蒼治は考えをまとめる前に扉を開けたことを後悔した。

「駅から近いところで、どこかいいところがあれば……」

我ながらひどいことを言っていた。駅から近い物件を探すのであれば、駅に近い不動産屋に行くべきだろう。そもそも、こんな辺鄙《へんぴ》なところに大手不動産会社が支店を置く理由はなんなのか。大道不動産という名前だけで、客が寄りつくものなのか——すぐに疑問はとけた。

「支店長の笠井《かさい》と申します」

でっぷり太った四十代の男がやってきて、名刺を差しだした。笠井邦宏《くにひろ》。首に肉がつきすぎて、ネクタイが食いこんでいるように見える。そのせいで血行が悪いのか、顔色が異様に赤黒い。

「所沢で物件をお探しでしたら、分譲のほうが断然おすすめでございますよ。いまなら金利も低いですしね。月々のお支払いは家賃並みか、かえってお安いくらいですから」

資料を見せてきた。大道不動産はこのあたりにマンションを建てているようだった。完成目前。戸数は三百オーバー。場所はこの支店よりさらに東に行くらしいが、そんな大規模マンションができれば、飲食店やスーパー、コンビニなどが出店していまは静かなこのあたりも活性化される。価格は四千万円台が中心。三十五年ローンを組んだとして、月々の支払いは諸経費込みで十五万円ほど——そんなことを笠井は滔々《とうとう》と話した。

蒼治は気分が悪くなってきた。鏡を見ればきっと、紙のように白くなった自分の顔と対面できただろう。三十五年ものローンを組んでこのあたりにマンションを買うなんて、悪夢以外のなにものでもない。

それに加えて、笠井の態度が不快だった。赤黒い顔に浮かんだ汗をしきりにハンカチで拭きながら話す。部屋はべつに暑くなかった。むしろ涼しいくらいなのに、この男はなぜこんなにも汗をかいているのだろう。おまけに、やけにニコニコと笑みを浮かべている、その笑顔がまた気持ち悪い。糸のように細い眼をさらに細めて笑うから、視界が確保できているのか心配になる。とにかく笑いつづける。商談をしているというより、新興宗教の勧誘でもしているようだ。

隣で三國麻衣が相槌《あいづち》を打っていた。笑い方がそっくりだった。大道不動産というところは、社員研修で笑顔の訓練でもしているのだろうか。

さらに、もうひとりの男性社員までやってきて、名刺を渡された。林辰典《はやしたつのり》。副支店長らしい。その場にいる全員が集まってきたわけだ。当然のように、林も他のふたりと同じ笑顔を浮かべた。この連中は寄ってたかってニコニコすれば、四千万円からのマンションが売れると信じているのだろうか。

あまりにも気分が悪くなったので、蒼治はあやうくここにやってきた目的を忘れるところだった。もはや単刀直入に訊ねてみるしかあるまい。

「あのう、すみません」

支店長の話を遮った。

「この支店に、星奈千紗都さんって方、いらっしゃいません？」

一瞬、おかしな空気になった。支店長も副支店長も三國麻衣も、いっせいに笑顔をこわばらせた。

「星奈のお知り合いなんですか？」

支店長がおずおずと訊ねてきた。

「いや、その……知りあいの知りあいというか、直接の面識はないんですけど、ここで働いているって知りあいに聞きまして……」

「なるほど……」

　支店長が眼を泳がせる。

「大変申し訳ないですが、本日はお休みをいただいているんですよ」

　困惑気味に言った支店長の隣で、三國麻衣が口を押さえた。笑いを嚙《か》み殺したのだ。後ろの副支店長もだった。嫌な感じがした。

「そうですか。星奈さんに知りあいの名前を出せば、ちょっと割引してくれるかもなんて思ってたから……甘かったかな」

「いえいえ、べつにお知りあいの名前を出さなくても、勉強させていただきますよ。わたくしどもにおまかせいただければ、できる限りのことは……」

「そうですか。とにかく分譲までは考えてなかったんで、持ち帰って検討させてください。前向きに考えてみます」

　蒼治は立ちあがり、そそくさとその場を後にした。

2

　駐車場から出したラパンを、すぐ側《そば》にある雑木林の陰にとめた。

さて、どうしたものか……。

千紗都の名前を出したときの反応が気になった。彼女は今日、無断欠勤している。それゆえに、三國麻衣と副支店長は揃《そろ》って笑いを嚙み殺したのか。それだけにしては、ちょっと引っかかる嫌な笑い方だった。千紗都に対して、なにか含むところがあるような気がしてならない。

時刻はそろそろ正午になろうとしていた。期待していた通り、三國麻衣が支店から出てきた。大道不動産とボディに書かれた白いプロボックスに乗りこんだ。発車すると、蒼治もラパンを出した。

プロボックスは西に向かってしばらく走り、コンビニの駐車場に入った。まったく、と蒼治は舌打ちした。コンビニにも歩いていけないマンションを売りつけようとするなんて、とんでもない連中だ。

蒼治もラパンを駐車場に入れ、外に飛びだした。三國麻衣が店内に入る前に、声をかけるつもりだった。

女に声をかけるのは、蒼治がもっとも苦手とするところである。しかし、彼女がひとりでいるこのチャンスを逃したくない。別人になろう、と思った。二時間ドラマとかに出てくる探偵になりきるのだ。本物の探偵なんて会ったことがないし、本物はたぶん探偵っぽくない。ドラマの探偵のほうがいい。

演じているのは、三十歳を過ぎてもうだつの上がらない無名の舞台俳優だ。いつも下北沢《しもきたざわ》の安酒場でくだを巻いているが、久しぶりにテレビ出演の話がきたのでチョイ役だけど張りきって演じてみました――我ながら親近感を覚える設定だった。そんな感じでいこう。

コンビニの入口に向かう三國麻衣に、蒼治は小走りで近づいていった。側で見ると、かなり小柄だった。一五〇センチあるかないか。

「すいません」

ポメラニアンのような顔がキョトンとした。

「ちょっと話を聞かせてもらえませんかね。星奈千紗都さんについて」

「星奈さん？」

眉をひそめる。

「実は僕、物件を探しにきたんじゃなくて、星奈さんの信用調査をしているんですよ」

ひそめられていた眉が、元に戻った。

「探偵さんなんですか？」

「まあ、そんなところです。星奈さんにお見合いの話がありまして、その相手方から頼まれましてね」

三國麻衣の眼つきが変わった。二十歳そこそこの若い女だ。その手の話は大好物に違いない。あからさまに食いついてきた。

「へえー、全然知りませんでした。星奈さん、お見合いするんですかぁ？」

「ええ、来週にも」

「それはそれは……」

三國麻衣は笑った。失笑、という感じだった。

「相手の方がお気の毒」

「と言いますと？」

「だって……」

黒眼がちな眼をくるりとまわす。

「大丈夫です。誰に聞いたかなんて言いません」

「本当に？」

「もちろん」

「じゃあ、言いますけど、星奈さんってすごい美人じゃないですか？」

「そうですね」

「澄ました感じで、いかにもわたしできる女です、みたいな。お高くとまってるっていうか」

「そうですかねえ……」

「でも、実際はそうじゃないんです」

「できる女じゃない？」

「ってゆーか、あっちがゆるいというか……」

「あっち？」

三國麻衣は言いづらそうに眼をそむけてから続けた。

「星奈さんって、総合職で本社勤務だったんですよ。それがこんなちっちゃな支店に飛ばされてくるなんて、おかしくないですか？」

「トラブルでも起こしたんでしょうか？」

「不倫ですよ」

吐き捨てるように言った。可愛いアニメ声がドス黒く濁った。

「上司とドロドロの関係になって、人の家庭を壊したって……最低じゃないですか。しかも、相手の人は離婚されて身ぐるみ剝がれたらしいんですけど、星奈さんは優秀な弁護士をつけて、奥さんに訴えられてもちょっとしかお金払わなかったとか。そういう人なんです」

「……なるほど」

蒼治は内心で首をかしげた。あの千紗都が不倫？　あえて妻子もちなんかと付き合わなくても、彼女なら男なんて選《よ》り取り見取りではないのか。

「それだけじゃないですよ。不倫が見つかったくせにまったく反省しないで、こっちに来てからも男関係が超お盛ん。噂もいろいろ聞きますけど、わたし、同性だからわかるんです。エロい光線出してるっていうか……いっつもしゃがんだだけでパンツ見えそうなミニスカート穿《は》いてるし、夜遊びが過ぎるんでしょうけど、遅刻がすごく多いし……」

三國麻衣の瞳には、本気の嫌悪感が浮かんでいた。相当嫌われているらしい。中学時代の千紗都を知る者には、それもまた信じられないことだった。クラスメイトの中で、千紗都を本気で嫌っている人間などひとりもいなかったはずだ。もちろん、内心ではわからない、それでも、同性でさえ嫉妬も忘れるほどまぶしい存在が、千紗都だったのではないか。美少女だっただけではなく、性格もよかった。気さくで健やかで常に笑顔を絶やさなかった。

それがエロい光線？

なるほど、二、三十代の独身女性にとって、恋愛こそがいちばんの関心事かもしれない。中学生時代のように清廉潔白ではいられないだろうし、いる必要もないのだが、あまりにも振り幅が大きすぎる。

十五年という年月は、それほどまでに重いということなのか。その間まったく交流のなかった蒼治にとって、千紗都の印象は当時のままだ。しかし、実人生を生きている本人は一年一年、いや一日一日少しずつ変化をして、不倫に溺れたり、男遊びに精を出す女になってしまったということか。

「どうもありがとう。大変参考になりました」

蒼治は礼を言って、三國麻衣をリリースした。少し言いすぎたかもしれない、という雰囲気はまったくなかった。むしろ、千紗都のことを思いだしただけで虫酸《むしず》が走り、途中から悪口がとまらなくなった感じだった。

見合いという言葉から玉の輿《こし》を連想し、嫉妬が舌鋒《ぜっぽう》を鋭くさせたということは考えられないだろうか。可能性は低そうだった。どう見ても彼女は、心の底から千紗都のことが嫌いなようだ。

3

航空公園の南駐車場にラパンを入れた。

公園内の喫煙所に行くためだ。車内でも煙草は吸えるが、少し疲れてしまった。三國麻衣の毒気にあてられたせいかもしれない。

航空公園は東京ドーム十個ぶん以上の敷地がある。ここなら都心の喫煙所のように混みあっていることはないだろう。青空の下でのびのびと一服し、英気を養いたい。帰りはまた高速だ。ブリキのおもちゃのような軽自動車で時速八〇キロ、あるいは一〇〇キロを出す恐怖と格闘しなければならない。

千紗都の実家に行ってみようとか、赤井初音や中村博史を呼びだそうという気は、すっかり失《う》せていた。

最近の千紗都がどういう女であったか――毎日顔を合わせている同僚の意見が聞けたのだから、それで充分な気がした。残念ながら、記憶を取り戻すきっかけにはならなかった。

よかった点もある。千紗都の素行がわかったことだ。恋愛体質なのか、単なる淋しがり屋なのか、三國麻衣の言葉を借りれば「男関係が超お盛ん」。中学時代の彼女からは想像もつかないが、リア充自慢のツイッターとは合致しそうだ。なにより、そういうタイプであるのなら、彼女のほうからセックスに誘ってきたという説に信《しん》憑性《ぴょうせい》が出てくる。

公園内の遊歩道を歩きながら、スマホで時刻を確認した。まだ午後十二時半にもなっていない。なかなか時間が経《た》たないのがもどかしい。

蒼治がいま切実に話を聞きたい相手は、昨夜訪れた神楽坂のバーの人間だ。記憶を取り戻すきっかけが、もっとも期待できる。千紗都は美人だし、昨日の今日だ。もしかしたら、会話の内容まで覚えていてくれるかもしれない。千紗都のほうから、しつこく口説いてきたとか……。

平日の昼間にもかかわらず、航空公園には意外なほどの人出があった。多くは高齢者でウォーキングをしている。異常にのろまなスピードでジョギングしている者もいる。顔の全面を黒いサンバイザーで覆い、二の腕から指先まで黒い手袋で隠している女は、そんなに紫外線が怖いのだろうか。家を出るとき鏡を見て、正気の沙汰ではないと思わないのか。まったく、うんざりする。ウォーキングやジョギングは江戸川でもよく見かけるが、そんなに長生きがしたいのかと悪態ばかりついている。

人影がまったくなかったらどこでも煙草に火をつけてやるつもりだったが、諦めて喫煙所まで足を運んだ。火をつけて煙を吐きだした。中高生時代は、夜中によく公園で煙草を吸っていた。航空公園ではなく、近所にあったもっと小さな公園だ。夏は暑くて、冬は寒かった。十代半ばのころを思いだすと、夜中の公園で煙草を吸っていたことばかりが蘇ってくる。悪い思い出ではない。教室の隅で息を殺していた記憶よりずっといい。

ベビーカーを押した女が、向こうからやってきた。五歳くらいの男の子を連れている。自分の顔くらいある紙コップに入ったものをストローで飲んでいて、なんだか微笑《ほほえ》ましい。

一見ごく普通の親子連れに見えたが、ちょっと様子が変だった。まだ二、三十メートルも離れているのに、母親から苛立《いらだ》ちが伝わってきたのだ。なんとも言えない負のオーラをまとって、遠目にも嫌な感じがした。

男の子が紙コップを落とし、路面にジュースがぶちまけられた。

「なにやってんのよ、あんたはっ！」

母親は間髪入れず男の子の頭を叩《たた》いた。平手のフルスイングだったので、バチーンと痛々しい音がした。

「買ったばっかりなのに落としちゃって、馬鹿じゃないの？　お金出さないと買えないんだぞっ！　土下座しろっ、土下座っ！」

髪を振り乱して叫ぶ。男の子は呆然《ぼうぜん》としている。

「土下座だよっ！　土下座しろっ！」

もう一度フルスイングで頭を叩かれた男の子は、泣きながら地面に正座し、両手をついて深々と頭をさげた。そのすぐ横を、高齢者の夫婦がウォーキングでゆっくりと通りすぎていく。土下座している幼児や、鬼婆《おにばば》のように怒り狂っている母親を、一瞥《いちべつ》もしない。蒼治は深い溜息《ためいき》をついた。

幼児虐待しているという、鶴川素子のことが脳裏をよぎっていった。幼児虐待は最悪だ。絶対にやめたほうがいい。しかし、それはなくならない。いじめと一緒で、いつの世にもはびこっている。

鶴川素子にしろ、目の前の鬼婆にしろ、我が子をいたぶるために生まれてきたわけではないだろう。最初からそういう人間だったわけではない。不運や不幸の積み重ねが、ちょっとしたボタンの掛け違いが、逸してしまったタイミングが、彼女たちのメンタルを徐々に歪《ゆが》めていったに違いない。

──自分があれだけいじめ抜かれてたんだから、可愛い我が子をいじめるなって思うけどね。

中村博史がメッセージに書いてきた。本当にその通りだと思う。人はなぜ、自分がやられて嫌なことを人にするようになるのだろう？　痛みを知っている者こそが痛みの防波堤になるべきなのに、現実は逆のことが少なくない。いじめっ子の正体は、元いじめられっ子。誰かに与えられた痛みを、別の誰かに与える。悪意の連鎖はとまらず、暴力や暴言が至る所にあふれだす。

「おまえ、南野じゃないか？」

声をかけられ、ビクッとした。灰色の作業服を着た男が、マールボロの箱を持って立っていた。蒼治は青ざめた。オレオレ詐欺をしているという噂のあったふたつ上の先輩だった。鷹野正之《たかのまさゆき》。さすがに年はくったものの、面影はしっかり残っていた。ギョロ眼で眉が太く、エラが張っている。いかつい顔なのに、睫毛《まつげ》だけがやけに長い。

「ずいぶん昔に実家を出たって聞いたけどな。こっちに帰ってきたのかよ？」

ジッポーでマールボロに火をつけた。

「いえ……たまたまちょっと用があって……」

「ふーん」

　鷹野はぼんやりした顔で白い煙を吐きだした。まったくツイてない。七、八年ぶりに帰ってきた地元で、もっとも顔を合わせたくなかったひとりと、こんなふうにばったり会ってしまうなんて……。

　蒼治は煙草を灰皿で揉《も》み消した。もう根元まで吸ってしまったからだが、だからといって立ち去ることはできなかった。会ったばかりのタイミングで立ち去れば、逃げようとしているように見える。逃げようとすれば逆につかまえようとするのが、この手の連中の習性だ。

「おまえ、いまどこに住んでんの？」

「東京です。小岩っていう、千葉のすぐ手前で」

「はー、遠いねえ」

「ええまあ……」

「仕事はなに？」

「ＩＴ関係です」

　職業を訊ねられた場合、いつもそう答えることにしている。

「実は俺、いまさ……」

早くこの話題から離れたかった。やばい仕事をしていたら、それに誘われるかもしれない。ただ、鷹野からはかつてのような危険な匂いが漂ってこなかった。作業着を着ているせいでそう見えるのかもしれないが、まともな仕事をしているのではないだろうか。

「そうですか……」

「親父《おやじ》の会社を継いで真面目《まじめ》にやってんだ。内装関係の仕事」

予想があたって安堵《あんど》した。

「じゃあ社長ですね。すげえ……」

「すごかねえよ。家族経営に毛の生えたような零細企業さ」

「いや、すごいですよ。先輩、昔から統率力ありましたもんね」

「統率力ねえ」

鷹野は満更でもないという顔で笑った。

「ちなみにですけど、僕と同じ代の……星奈千紗都って覚えてます？」

「すげえ可愛かった子だろ？」

「そうです。バレー部で」

「まさかおまえ……」

「いやいや、僕なんかが付き合えるわけないじゃないですか。たまたまさっき、こっちに帰ってきてるって話を聞いたから……」

「だよな、まさか南野がな」

「最近、星奈に会ったりしました？」

「なんで俺が会うんだよ。噂も聞かねえよ」

「東所沢のほうに大道不動産の支店があって、そこで働いてるらしいんですけど……」

「大道不動産？」

鷹野が突然、ギョロ眼を大きく見開いた。

「あそこはクソだぞ。何度か内装の仕事受けたことあるけど、大手だからって調子こいてやがってよ。こっちの都合はおかまいなしで、予算は削れ、納期は早めろ、客からのクレームは丸投げだ。とにかく口のきき方がでたらめで、ニコニコしながら、この仕事向いてないんじゃないですか、なんて言うんだぜ」

「そんな感じなんですか……」

「大手なんてだいたいそうだよ。上から目線で下請けのことをナメきってる。でも、大道は本気でひどかった。人間が腐ってやがる。俺がいま、末期癌《がん》とかの診断受けたとすんじゃん？　そしたら真っ先に、あいつらさらって山に埋めるよ。マジでやるよ」

物騒なこと言わないでください、という言葉を蒼治は呑みこんだ。鷹野には昔、人さらいという渾名《あだな》があったのだ。殺人まではしていないだろうが、気にくわない相手を拉致して痛めつけることくらい朝飯前だった。余計なことを言って、昔の彼に戻ってもらっては困る。

逆に言えば、大道不動産にひどい屈辱を受けても、鷹野は手を出さなかったのだ。ただの不良ではなく、犯罪にまで手を染めていたはずの彼を、思いとどまらせたものはいったいなんだろう？

家業を継いだだけではなく、結婚して子供がいたりするのだろうか。家族を守るために、耐えがたきを耐えて金を稼いでいるのか。

だいたい、昔の鷹野ならどこであろうが煙草に火をつけ、吸い殻をポイ捨てにしていたはずだ。わざわざ喫煙所まで足を運んできたあたりに、変化を感じずにはいられない。

鷹野と会うのは、十年以上ぶりだった。千紗都に十五年という月日が流れたように、あるいは鶴川素子に十五年という月日が流れたように、鷹野にも十年の月日が流れている。人は変わるのだ。同じままではいられない。

自分はどうだろうか、と思った。

少年刑務所から出てひきこもりになり、萌え絵ばかり描いていた十年前。学校に居場所がなく、夜中の公園で煙草を吸っていた十五年前――まるで変わっていないような気がして、苦笑がもれそうになった。

4

東京に戻った。まだ午後二時過ぎだった。

飯田橋のコインパーキングにラパンを駐車し、時間を潰すためにネットカフェに入った。記憶喪失やブラックアウトについて、ネットで調べてみた。記憶は匂いと結びついていることが多い、という説は興味深かった。特定の匂いを嗅いだ瞬間、記憶を取り戻すことがあるらしい。

なんとなく説得力がある。記憶喪失やブラックアウトにならなくても、草いきれを嗅げば少年時代を思いだすし、父親の使っていたシェービングクリームの匂いを嗅げば思春期を思いだす。

そして、蒼治にとってはクルマの匂いが特別だ。八年前、ラパンを手に入れたとき、これでもう電車に乗らなくてすむと、踊りだしたくなるほど興奮した。二年落ちの中古を買ったのだが、前オーナーがほとんど乗っていなかったらしく、かすかに新車の匂いのようなものが残っていた。

エンジンをとめた車内で、一時間もうっとり嗅いでいたことがある。いまでも新車のタクシーに乗ったりすると、ラパンを手に入れたときの感動と興奮が生々しく蘇ってくる。

匂い——神楽坂のバーに行けばなにかあるかもしれない。店の匂い、酒の匂い、トイレの芳香剤だっていい。そこに店の人間の証言が加われば……。

焦《じ》れったい思いをしながら午後六時まで待ち、神楽坂に向かった。

何軒かある候補をあたっていくと、二軒目で特定できた。店構えを見ただけで、はっきりここだとわかった。重厚な木製の扉に、「THE BAR」という銀のプレート。記憶にあるものと同じだ。「THE BAR YAMASHITA」、やはり固有名詞が続いていた。

扉を開ける前に、大きく息を吸い、ゆっくりと吐いた。嗅覚が敏感になるよう意識して、店に入った。燭台《しょくだい》に載った無数のキャンドルの炎が、店全体をオレンジ色に染めていた。紳士的な大人の社交場というより、恋人たちが肩を寄せあうための場所に見えた。漂っている匂いまで甘い。カクテルが売りの店なのか、それともアロマでも焚《た》いているのか、ヴァニラのような匂いがする。残念ながら、記憶は刺激されない。

開店間もない時間だからだろう、他に客はいなかった。カウンターに七席、テーブル席が三つ。蒼治はカウンター席の真ん中に座った。店の人間は、カウンターの中にいるひとりだけ。肩にかかるほど長い茶髪。彫りの深い顔は、日焼けサロンに通い倒していると一発でわかる。第二ボタンまで開けた黒いシャツ。首と手首にはシルバーのアクセサリー。なんだかホストみたいなバーテンダーだった。蒼治より五、六歳は若そうだ。

「いらっしゃいませ」

伏し目がちにおしぼりを渡してきた。それを受けとり、手を拭いてから、蒼治は訊ねた。

「すいません、僕、昨日もいましたよね？」

「ええ」

どういうわけか、バーテンダーは照れくさそうに笑った。

「昨日はなにを飲んでました？」

「恥ずかしながら、酔いすぎていろいろ記憶をなくしているんですけど、昨日はなにを飲んでました？」

「これのソーダ割りでしたよ」

後ろの棚からボトルを取り、目の前に置いてくれる。オールドクロウ。ラベルにカラスのイラストがあしらわれている。

「銘柄指定しないでバーボンのソーダ割りって言ったから、俺がクロウソーダを出したんです」

「じゃあ、今日もそれで」

バーテンダーはうなずき、細長いグラスに氷を入れた。オールドクロウを注《つ》ぎ、炭酸水を入れてマドラーで軽くかきまぜる。

目の前に置かれたグラスを見て、蒼治は神妙な顔になった。淡い琥珀《こはく》色の中で炭酸がはじけている。期待と不安に鼓動が乱れる。全神経を嗅覚に集中させなければならない。これは記憶を取り戻すチャンスのひとつなのだ。

グラスを鼻に近づけ、匂いを嗅いだ。五秒くらい、じっくりと香りを吟味した。ちょっと恭《うやうや》しくやりすぎたかもしれない。バーテンダーがニヤニヤしている。ワインならともかく、バーボンソーダの匂いを嗅ぐ客なんていないのだろう。

記憶は戻らなかった。飲んでも同じだった。クルマを運転して帰らなければならないので、ひと口だけにしておく。

「僕、女の人と飲んでましたよね？」

落胆を隠して訊ねた。千紗都と再会した場所が、ここであってくれることを祈った。ここから先の記憶はない。ここでなければお手上げになる。

「ああ、星奈さん」

バーテンダーは淀《よど》みなく名前を言った。蒼治は内心で小躍りしそうになった。

「彼女、よくこのお店に来るんですか？」

「週に二、三回は来ますね。近所に住んでるとかで」

新情報だった。勤務地が所沢なら実家に住んでいる可能性が高いと思っていたが、三國麻衣によれば、以前は本社勤務だったらしい。本社はたぶん東京にある。赤井初音も、千紗都は東京暮らしとメッセージに書いてきた。

つまり、以前から神楽坂でひとり暮らしをしていて、所沢に異動になったいまもそのまま住んでいる、ということか。べつに不自然ではない。所沢から都内に通勤するには満員電車に揺られなければならないが、逆なら空《す》いている。とはいえ、神楽坂に住んでいるなら、なぜわざわざ小岩くんだりまでやってきたのか、という疑問は残る。

「週に二、三回っていうと、そこそこ常連ですね？」

「来るようになったのは二カ月くらい前からかな。わりと最近ですよ」

「ちなみにですけど、昨日僕たちがどんな話をしてたか覚えてます？」

「いやあ……」

バーテンダーは気まずげに苦笑した。

「彼女とはこれだから」

人差し指を交差させて、×印をつくった。喧嘩《けんか》中ということか、それともただ単に仲が悪いのか。

「なるべく近づかないようにしてるんですよ、俺は。この店、オーナーとふたりでまわしてるんですけどね。彼は面倒見がいいんで、かまってあげてます」

苦笑が続く。

「そんなに面倒くさいんですか？」

「昨日も泣いてたじゃないですか」

呆《あき》れた顔で言った。

「泣きじゃくってグラス割って……オーナーいないし、どうしようかと思いましたよ。お客さんが外に連れだしてくれたんで助かりましたけど」

まるで覚えていない。

「なんで泣いてたんでしょう?」

「さあ」

バーテンダーは首をかしげた。興味がないと言わんばかりだ。

「いつものことなんですよ。お客さんの悪口は言いたくないけど、あんなに酒癖が悪い人、なかなかいませんから。まあね、あれだけお顔がお綺麗《きれい》だと、ひとりで飲んでれば声かける男なんてたくさんいますよ。でも、高い酒をさんざん奢《おご》らせたあといきなり号泣して、男は啞然《あぜん》。百年の恋も冷める。それがお決まりのパターン」

「そんなにひどいんですか……」

蒼治は同調したふりをしつつも、内心で舌打ちしていた。お客さんの悪口は言いたくない――言っているではないか。悪意に満ちた口調で。

「俺ひとりの店だったら、とっくに出禁にしてますね。男の酔っ払いも手がかかるけど、女で酒に吞まれるタイプはもう、手に負えない……すいませんね。もしかして狙ってたりします?」

あんな女にそれはないですね、というニュアンスで笑う。まったく最低な男だが、口が軽くなってくれたほうが、いまは好都合だ。

「いやいや、全然、狙ってるなんてことはないんですよ……昨日たまたま知りあっただけだし……」

「そうなんですか？　友達とかでもない？　俺、てっきり待ちあわせしてたのかと思いましたよ。星奈さんが先に店にいて、オーナーがいないからブスッとした顔で飲んでてね。そこにお客さんが入ってきて、まっすぐ彼女の隣に座ったから……そのあとも、身を寄せあって仲よさそうにひそひそ話してましたよ。こりゃもしかして彼氏か？　なんて思って。正直、彼氏の前じゃずいぶんおしとやかだねえ、とも思ったんですけど、まあ結局、泣きだして……お客さん啞然としてたから、こりゃ彼氏じゃないな、と」

なにも思いだせなかった。それも問題だが、自分たちが恋人同士に見えたという証言に衝撃を覚えずにはいられない。十五年ぶりに再会した元同級生と、身を寄せあってひそひそ話したりするだろうか。たまたまそういう瞬間があったとしても、千紗都と蒼治では容姿のバランスが悪すぎる。悲しいが月とすっぽんだ。並んで街を歩いていたところで、こちらは取引先の使いっ走りくらいにしか見えないだろう。

にもかかわらず一瞬でも恋人同士に見えたということは、よほどイチャイチャしていたということなのか……。

まさか——背筋がゾクリと震えた。失われた記憶は、昨夜のことだけではない、という可能性はないだろうか。実は何カ月も前から千紗都と付き合っていたのだが、その記憶がごっそり抜け落ちているということは……。

先ほどネットで記憶喪失について調べたとき、そういう記述があった。人間はすさまじい心理的ストレスがあると、何カ月ぶんもの記憶が吹っ飛んでしまう場合があるらしい。トラウマが記憶の再生を拒否するのだ。

すさまじい心理的ストレスなら、心あたりがある。千紗都を殺して、自分も死のうとしたのだから……。

あわててスマホを取りだした。メール、ＬＩＮＥ、写真のフォルダ——片っ端から確認したが、千紗都と付き合っていた痕跡は見つからなかった。

第四章　異常な欲望

1

小岩の自宅マンションに戻った。

アーロンチェアに腰をおろすと、天井に顔を向けて眼を閉じた。冷房をつけっぱなしにしてあった室内は想像以上に冷えていた。上着を厚手のものに替えたかったが、立ちあがる気力がなかった。このまま眠ってしまったら、凍死できるだろうか。できるならそれでもよかったが、クシャミをして眼を覚ますだけだろう。

脱力感がひどかった。

頼みの神楽坂のバーへ行っても、記憶は戻ってこなかった。バーテンダーの口の悪さに閉口し、その原因である千紗都の素行の悪さに天を仰ぎたくなっただけだった。

今日一日集めた情報をまとめると、こういうことになる——千紗都は昔の千紗都ではなかった。不倫で、エロい光線で、男関係が超お盛ん。おまけに酒癖が悪く、ナンパしてきた男に高い酒をさんざん奢《おご》らせ、突然泣きはじめる。手に負えない。ひと言で言えばビッチだ。年下の同僚にも常連店のバーテンダーにも眉をひそめられている嫌われ者。

蒼治は昨夜、そんな彼女に運悪くつかまってしまった、ということらしい。千紗都が尻の軽い女になっていたのなら、彼女から誘ってきたという説にリアリティが出る。自分から誘うわけがないという蒼治の考えと合致する。千紗都が酒に呑《の》まれるタイプなら、ゆきずりのセックスのハードルはますます低い。

それにしても……。

あの星奈千紗都が、リア充どころかビッチ？

マックを起《た》ちあげ、メールをチェックした、業者からの営業メール以外に、脇田亮のメッセージがフェイスブックから転送されていた。朝いっせい送信した元同級生三人のうちのひとりだ。

——星奈なら、明治神宮でばったり会ったぜ。一カ月くらい前だったっけな。まだ残暑が厳しいころ。

——明治神宮？　結婚式でもあったのかい？

返信したが、脇田からのは反応はなかった。前の着信が一時間前だった。いまはフェイスブックをできる環境にいないのかもしれない。

脇田亮は中学の三年間ずっと野球部で、ずっと補欠だった。ほとんどマネージャーと言われていたのに屈託がなく、熱心に道具の手入れとかしているタイプだったはずだ。

普段も縁の下の力もちという感じで地味なのだが、校内ではなかなかの有名人だった。ショートカットがよく似合う、可愛《かわい》い彼女がいたからだ。北野奈央《きたのなお》、だったか。千紗都ほどではないにしろ、男子に人気が高い女子だったので、誰もがなぜ脇田と付き合っているのか疑問に思っていた。

当のふたりはそんなことなどどこ吹く風で、毎朝一緒に登校してきて、一緒に帰っていく。手を繋《つな》いでいることも珍しくない。北野奈央は放課後になると、野球部の練習が終わるのを見学しながら待っている。脇田がグラウンドで活躍しているわけでもないのに……。

——いや、結婚式じゃない。ただ行っただけ。家族サービスだよ。神社はいいね。金がかからない。チビに作法も教えられるしさ。

脇田から返信がきた。

――そこで星奈とばったり会ったの？

――隣ですげえ綺麗《きれい》な女が、やけに熱心に手を合わせててさ。逆隣に嫁がいたんだけど、思わずまじまじ見ちゃったわけ。そしたら星奈だった。向こうもびっくりしてたよ。星奈がどうかしたの？

――いや……ちょっと気になっただけ。深い意味はないんだ。

――俺の嫁、誰だか知ってるっけ？

――北野奈央だろ。

フェイスブックで見たことがあった。中学から付き合っている女と、いまだに仲《なか》睦《むつ》まじいツーショットをアップしている。呆《あき》れもするが、尊敬もする。

――奈央と星奈は中学時代けっこう仲良かったからさ。奈央はすげえ盛りあがって、お茶でもしようって誘ったんだ。でも冷たく断られて。感じ悪かった……奈央、落ちこんでたよ。

――星奈はひとりだった？

――ひとり、ひとり。麻のジャケットなんか涼やかに着こなして、読モみたいだったけど、なんか淋《さび》しそうだったな。

──嫌なことでもあったんだろ。神社にお参りに行くぐらいなんだから。勘弁してやりな。

蒼治は考えこんでしまった。今日あきらかになった千紗都のビッチキャラと、明治神宮はそぐわない気がした。流行《はや》りの朱印集めでもしているのだろうか。それにしたって、夜景だの宝塚だの湘南の海だの、年中遊びまわって酒に呑まれている女が、熱心に神頼み……。

千紗都のツイッターにアクセスした。

いちばん上は、トマトスープの画像だ。ボウルはレモンイエロー、テーブルクロスは紺のギンガムチェック──新しいツイートはない。あるわけがない。この先も永遠に……。

──少し元気出た。

ぼんやりと文字を読む。元気がなかったから、トマトスープを飲んだらしい。朝は画像があるところを中心に読んでいったが、文字だけのツイートもけっこうある。つぶやいた日時が最新に近いほど多い。

──なんかもう、落ちるところまで落ちたって感じ。

──今日も朝起きられなかった。

――眼が覚めてるのに、ベッドから出られない。休みが潰れた。

――なんのために生きてるんだろうって、最近よく思ってしまう。

――勇気が欲しい。勇気……勇気……。

なんだか意味深だった。メンタルやられている系のツイートだ。朝だってまったく読んでいなかったわけではなく、眼には入っていたはずだ。単なる愚痴だろうとスルーした。画像つきのリア充自慢のインパクトが強烈だったので、そちらに気をとられていた。

しかし、三國麻衣やバーテンダーの話を聞いたあとだと、妙に引っかかる。ビッチのツイートにしては、暗いのではないか。男遊びに精を出すのも、正体を失うまで酒に酔うのも、言ってみれば人生を謳歌《おうか》しているわけであり、外聞《がいぶん》はともかく、本人は楽しんでいるはずなのだ。

はしゃぎすぎて自己嫌悪、というやつだろうか。宿酔《ふつかよ》いがきつすぎて起きられなかった、というだけの話なのか。それとも、意中の男とうまくいってないのか。欲しいのは、意中の男のお眼鏡《めがね》にかなうよう乱れた生活を整える勇気か。

その一方で、おかしなリツイートも見つけた。

――【急募】十月二十五日、参加可能なカメラマンさんを探してます。【拡散希

望】

　仕事関係者のツイッターではよく見かける、撮影会の告知である。

アイコンがコスプレだった。アイドルマスターの水瀬《みなせ》伊織《いおり》。朝は見逃していた。

ＩＤは「蘭《らん》」。@run_run_run@10.25_photo session。

　早速そちらに飛んでみると、驚くほどハイクオリティな画像がずらずら出てきた。アイマスのいおりんに扮《ふん》しているレイヤーなんて星の数ほどいるだろうが、いままで見てきた中でも三本の指に入りそうだ。

　衣装や小道具に金も手間もかかっていそうだし、スタジオセットで撮影している画像もある。なにより、いおりんによく似ていて可愛かった。生意気そうな表情なんて完コピだ。もちろん、相当加工しているのだろうが、加工だってセンスがなければできるものではない。

　千紗都はコスプレに興味があったのだろうか？　レイヤーをやってみたいと思っていた？

　違和感がありすぎる。もう一度千紗都のツイッターに戻ってチェックしてみると、オタク系のツイートやリツイートは皆無だった。やはり、コスプレに興味があるのではなく、たまたま友達がレイヤーだったと考えたほうがよそそうだ。

蘭にメッセージを送ってみた。

——突然すみません。実は僕、星奈千紗都さんの中学の同級生なんですけど、急に連絡がとれなくなって心配してます。会社も無断欠勤しているようですし、最近急に泣きだすような不安定なところもあったし……もし心あたりがあるようでしたら、ご連絡いただけると助かります。

送信してみたものの、自分はいったいなにをやっているのだろう、と脱力感が強まっただけだった。

蘭から返信があり、千紗都についての新情報が多少増えたところで、それがいったいなんになるのか。

心配が聞いて呆れる。千紗都はすでに死んでいるのだ。この部屋で。蒼治のベッドで。冷たくなって二度と眼を覚ますことはない。

今日わかった事実を踏まえ、昨夜の流れを推理・検証してみる。

十五年ぶりに再会した千紗都は、酒癖も悪ければ男癖も悪いビッチになっていた。蒼治にはそれが見抜けなかった。中学時代の健やかな美少女の印象しかないから、酒場で泣かれて真面目《まじめ》に慰めようとした。どういうやりとりがあったかわからないが、とにかく慰めるために自宅に招いた。ビッチはベッドで慰められることを望んだ。認めたくはないけれど、結局、寝た。

そこまではいい。百歩譲ってそういう展開を認めてもいい。セックスに嫌悪感はあるが、三十年間生きてきて千紗都ほど魅力的な女に会ったことがないのも、また事実なのである。

いい加減、自分に正直になるべきだった。誘われたらきっと断れなかった。手を握られただけで心臓が跳ねあがり、キスなどされたらうっとりしてしまったはずだ。蒼治の眼には、千紗都がビッチに映っていないのだから……。

そこまではいいとしても、なぜ殺す?

「わたしたち、悪いことをしたのかもしれないね……」

千紗都の声が耳底に蘇《よみがえ》ってくる。

「あのとき鶴川さんを助けなければ、子供も生まれてこなかったし、子供が虐待されることもなかったんだから……」

子供に同情していた。リア充、ビッチ、酒に呑まれる——そういう現在の属性から考えると、やや唐突な感じがする。いやもちろん、蒼治だって子供とは縁のない生活を送っているが、幼児虐待は最悪だと思う。心から同情する。

しかし、千紗都はその台詞《せりふ》を言いながら、悲愴《ひそう》感漂う表情をしていたのだ。いまにも泣きだしそうな顔をしていた。彼女自身が抱えているトラブルと、シンクロする部分があったのではないか？

たとえば望まない妊娠だ。

男遊びに精を出すうち、父親がわからない子を孕《はら》んでしまったとしたら……。

蒼治と寝たあと、そのことを告白したとしたら……。

誰の子かわからないけど産みたいとか、ふたりで一緒に育てようとか、無茶なことを言ったりして……。

逆上した蒼治が、衝動的に首を絞めて殺した。

あり得ない筋書きではないかもしれない。だが、その筋書きの場合、キャスティングにいささか難がある。逆上した自分をイメージできない。蒼治は殴りあいの喧《けん》嘩《か》をしたことがない。キレて暴れたことなど一度だってありはしない。ましてや相手は女。あなたの種ではない子供を産みたいと言われたとしても、殺したりするだろうか。

あり得るとすれば……。

そこに愛が必要となる。殺したいほどの憎悪の裏に、身を焦がすほどの愛があれば成立するかもしれない。

脇田亮と北野奈央なら、どちらかが裏切ったら修羅場が訪れるだろう。ふたりには、中学時代から十五年以上愛しあった歴史がある。

そこまで行かなくても、一年とか二年とかそれなりに長い時間を一緒に過ごし、コツコツと関係性を深めて幸福を分かちあったあとにその台詞を言われたなら、なるほど、キレない蒼治でも逆上するかもしれない。

しかし、蒼治が千紗都と過ごした時間はたったひと晩なのである。半日に満たない時間しか共有していないのに、愛なんて育めるわけがない。セックスに誘われて断れなかったところまでは認めても、愛は無理だ。意地になっているわけではなく、それならまだ、悪魔憑《つ》きで狂気に駆られて犯行に及んだというほうが腑《ふ》に落ちる。

遠くからパトカーの音が聞こえてきたのでビクッとした。息をとめて立ちあがり、窓際に行った。指先でカーテンを少しだけ開けて外をのぞく。赤い光を探した。まだ見えない。マンションの前は江戸川だ。窓から見える景色は、ここが東京とは思えないほど暗い。不意に白いものが揺れて身をすくめた。ベランダにTシャツが干しっぱなしだった。

失笑がもれる。やがて自嘲の笑いに変わる。昨夜の自分はなぜ、ドアノブにベルトをかけて非定型首吊《つ》り自殺など図ったのだろう。そんなややこしいことをしなくても、ここはマンションの八階なのだ。ベランダから飛びおりれば簡単に死ねる。

そう、簡単に。

「……ふううっ」

魂までも吐きだすような深い溜息《ためいき》をもらした。

そろそろ覚悟を決めなければならないのかもしれなかった。

残念ながら、記憶は戻りそうにない。理由はどうあれ、とにかく自分が千紗都を殺した。この状況の責任をとらなければならない。

潔く死んで終わりにしよう――そう思った。刑務所だけは絶対に嫌だ。それは動かないが、死体を山に埋めたりするのは大変そうだし、逃げるのさえ面倒くさくなってきた。死ぬまで逃亡生活を送る逞《たくま》しい生命力が、自分にあるとは思えない。ベランダから地面にダイブすれば、それですべて片がつく。警察がすぐにこの部屋を調べるだろうから、千紗都の死体も腐らない。

普段から、萌《も》え絵で食べていけなくなったら死のうと考えていた蒼治だった。他に生きる術《すべ》があるとは思えなかったし、不安定なフリーランスだから、それくらい腹を括《くく》っていないと気持ちが保てなかった。

窓の向こうの夜闇に眼を凝らす。部屋の中から真下の地面は見えない。コンクリートの私道になっている。下に人がいないことを確認してから飛べば、迷惑は最小限ですむだろう。

恐怖は一瞬。痛みも一瞬。死ぬ覚悟だって以前からあった……。

しかし、いざその瞬間が訪れてみると、金縛りに遭ったように体が動かなかった。呼吸だけが荒くなり、首筋に生ぬるい汗が伝う。カーテンをつかんだものの、手指はただ震えているばかりでカーテンを開けることさえできない。パトカーのサイレンがどんどん近づいてくる。息ができなくなる。事件は近所で起こったのだろうか。まさか目的はこの部屋のベッドに横たわっている死体なのか。赤い光が夜闇を照らすと、両脚まで震えだした。

逮捕されるくらいなら、死を選ぶ。一寸先の未来がありありと脳裏に浮かんできて、心臓を暴れさせる。江戸川沿いの暗い夜に、ドーンと落下音が響き渡る。コンクリートの私道に、眉をひそめた野次馬たちが集まってくる。サイレンの音が迫る。今度はパトカーではなく救急車だ。駆けつけてきた救急隊員が、灰色の脳漿《のうしょう》を地面にぶちまけている自分を見て、眼をそむける……。

にわかに耐えがたいほどの喉の渇きを感じ、叫び声をあげたくなった。

これが死の恐怖か、と思った。

いや、殺人の恐怖かもしれない。

自殺とは、自分で自分を殺すことなのだ。こんな馬鹿げた世の中とおさらばするのはいっこうにかまわないが、人ひとり殺すには、殺すに足りる理由がなければ容易ではないらしい。

2

マックがメールの着信音を鳴らした。

心臓がとまりそうなほど驚いたおかげで、金縛りがとけた。一歩も動けずにいたのに息があがり、両手で顔を拭うと手のひらにべっとりと脂汗がついた。

サイレンの音が遠ざかっていったので、少し安心した。怖いくらいに乱れ打っている心臓の音に身をすくめながらデスクに戻り、アーロンチェアに身を預ける。煙《たば》草《こ》に火をつけ、天井に向かって大きく吐きだす。

蘭からのメッセージがメーラーに転送されてきていた。

――千紗都さん、あたしも一週間前から連絡がとれません。心配ですね。

――ご返信ありがとうございます。星奈さんとはどういうご関係ですか？

ツイッターにログインして、メッセージを送った。

——元同僚です。南野さんは？

——彼氏とかではないです。

そういうことが訊《き》きたいのだろうと思い、先まわりして答えた。

——中学のクラスメイトで、最近十五年ぶりに再会したんです。そうしたらなんていうか……中学時代とはずいぶん変わっていたのでびっくりして。

——病んでますよね？

——病んでる？

——あたしも千紗都さんに泣かれましたもん。

——お酒を飲んで？

——いいえ。カフェで三十分くらい泣きやまなくて……。

——立ち入ったことですけど、理由を教えてもらえませんか？　彼女がどうして泣いてたのか。

しばらく返信がこなかった。

——南野さん、恋愛感情はあるんですか？

——えっ？

——千紗都さんのことを好きとか、そういうんじゃなくて？

好きならば答えよう、という確認のように思われた。

——初恋の相手でした。

ネット越しの嘘《うそ》にもかかわらず、顔が熱くなった。

——十五年ぶりに再会して、ものすごく嬉《うれ》しかったことは事実です。

——わかりました。じゃあ包み隠さず書きますけど、あたし、会社にいたときいじめを受けてたんです。そこに千紗都さんがあとから異動してきたんですけど、助けてあげられなくてごめんね、って泣いて謝ってくれたんです。あたしが会社辞めたあとですけど。

——いじめ、ですか？

——はい。ひどかったです。重要なメールが送られてこなくて、指示がないからなにもできないでいると、子供みたいに立たされて何時間も怒鳴りつづけられるとか、そういうことが日常茶飯事で……結局、メンタル病んで辞めちゃいました……。

怒鳴っていたのは、あのデブで汗っかきの支店長なのか。蒼治の前では、気持ち悪いほどニコニコしていたが……。

——星奈さんはそのとき助けてくれなかった？

――異動してきたばかりだったし、あたしオタクだから、もともとコミュ障気味なんです。千紗都さんって見るからに大人の女って感じの人だから近寄りがたかったし、五つも年上だから……。

――あまり交流がなかったと。

――はい。

――でも、いじめというか……パワハラ受けていたことは知ってたんでしょ、彼女も？

――それはもちろん、みんなの前でやられてましたから。とにかく、お客さんがいないときは、ずーっとあたしのこと怒鳴ってるんです。支店長と副支店長と……もうひとり、あたしより下の女の子がいたんですけど、彼女がまた意地悪で。わざとあたしが怒られるようなことをちょいちょい仕掛けてきて……。

蒼治が所沢で会った三人は、全員クロらしい。

――ちょっと残念な話ですね。パワハラをするようなやつは人間の屑《くず》ですが、星奈さんが見て見ぬふりをしてたなんて……ましてや、そのときなにもできなかったくせに、あとで泣いて謝る……なんか変だ。

――それは、彼女がいまいじめられてるからですよ。

――えっ？

――あたしが辞めて、いじめのターゲットが千紗都さんに移ったんです。

寒気がした。

――ちょっと待って。実はその……僕、今日所沢に行ったんですよ。あまりに連絡がつかないから、思いきって会社を訪ねてみた。大道不動産の所沢支店ですよね？　蘭さんが勤めていたのも。

――そうです……行ったんですか……。

――本人は休んでていなかったんですけど、三國麻衣って人とちょっと話をしたら、星奈さんはひどい言われようでした。不倫をして本社から飛ばされてきたとか、男関係が乱れてるとか……。

――嘘ですよ。それもいじめの一環です。噂《うわさ》だけどって言って、悪口の口実にする。完全なつくり話をみんなでシェアするんです。あたしなんて、虫を食べてるって設定にされてたんですから！　机の引き出しにセミの死骸とか干からびたミミズとか入れられて……。

唖然《あぜん》とするしかなかった。

――南野さん！　千紗都さんのこと好きなら、助けてあげてください。あんな会社、辞めるべきです。少なくとも異動願いを出したほうがいい。あたしが最後に会ったの二週間くらい前ですけど、ものすごくやつれてて、眼つきが虚《うつ》ろでした。でも、千紗都さん美人だから、そうなると逆に美貌が際立っちゃうっていうか、綺麗になってて……なんかもう、見てられなかった。

――蘭さんも、彼女に辞めたほうがいいって言ったんですよね？

――言いました。返事は曖昧でしたけど。なんか辞められない理由があるんだと思います。でも、メンタル病んでまで続けなきゃいけない仕事なんて、あたしはこの世にひとつもないと思う。

――絶対そうですよ。

――でも、経験者だから言えますけど、いじめの渦中にいると、なかなか踏ん切りがつかないものなんです。あたしだけが我慢すればいいとか、いじめから逃げだすなんて情けないとか……結局、辞めるって決断するまで半年かかりましたから……。

蘭とのやりとりを終えても、蒼治はしばらくの間、動けなかった。膝の上で握りしめた拳だけが、小刻みに震えていた。

まさか千紗都がいじめを受けていたなんて……。

三國麻衣の話が全部嘘だったとすれば、少しは救いがある。千紗都は不倫もしていなければ、尻の軽い女でもなかった。酒癖が悪いという話も、メンタルを病んでいたなら、理解できないことはない。

あのホストのようなバーテンダーには悪いけれど、いじめによって過剰なストレスを抱えた千紗都は、酒場でそれを発散するしかなかったのだ。酔って涙でも流さなければやりきれないほど、つらい毎日を送っていたのだ。

しかし。

千紗都が尻の軽い女でなかったとしたら、別の問題が発生する。彼女に誘惑されてセックスしたという推測が、成り立たなくなってしまう。

――しつこくて、ごめんなさい。

もう一度、蘭にメッセージを送った。

――最後にもうひとつだけ教えてください。彼女の男性関係はどんな感じだったんでしょう？　ひどい噂は噂として、実際のところは……彼氏とかいたんでしょうか？　いてもいいんですよ、もう大人なんですから。酒場で盛りあがってうっかり遊んでしまったとか、そういうことがあってもいい。率直なところを、教えてもらえませんか？

返信はなかなかこなかった。ようやく届いたのは、いままでの中でいちばんの長文だった。

――さっきも書きましたけど、あたしべつに、千紗都さんと仲良かったわけじゃないんです。会社を辞めて二カ月くらいしてから謝りにこられて、それから三回くらいお茶したのかな……そんな感じですから、男性関係はよくわかりません。でも直感で言えば、真面目《まじめ》すぎるほど真面目。ちょっと失礼ですけど、奥手とかおぼこいって言ってもいいです。恋愛に対してあんまり免疫がないって、あたしは思いました。でも、たぶんそういうところ自分でも気にしてて、見栄《みえ》を張っちゃうんですよね。千紗都さんのツイッター見ました？　リア充自慢がすごいじゃないですか？　でもなんか嘘っぽい。自撮りしてないというか、絶対自分は写りこまないようにしてたりして。訊いてみたことあるんですよ。ホントにこんなに遊びまわってるんですか？　って。そうしたらものすごく恥ずかしそうな顔して、妹から画像をもらったって……リア充の妹さんがいるらしくて……あの、誤解しないでもらいたいんですけど、あたし、それを知って逆に千紗都さんのことが好きになったんです。だって、あんなに美人なのにそういうところで見栄を張るって、可愛いじゃないですか。行ってもないナイトプールの画像をアップしたり……たぶん千紗都さんって、水着も持ってませんよ。ジムとか行ってるなら持ってるかもしれませんけど、おしゃれなビキニとかは……この話、千紗都さんには内緒にしてくださいね。絶対に言っちゃダメですからね。

3

蒼治は立ちあがり、ベッドに近づいていった。白いシーツがこんもりと盛りあがっている。その下で、千紗都が眠っている。永遠に……。

千紗都は不倫もしていなければ、男遊びに精を出すこともなく、リア充ですらなかったらしい。それはいい。真面目すぎるほど真面目、奥手、おぼこい——それらの言葉は、蒼治の中にある千紗都のイメージとぴったり合致した。十五年の年月を経ても千紗都は変わることなく、まぶしく清らかでいてくれた。

しかし、ということは、彼女が蒼治を誘惑してセックスしたという線は完全に消える。かわりに浮上してくるのは、真面目すぎるほど真面目な彼女を力ずくで犯した、という線ではないか。

蒼治は昨夜、正体を失うほど酔っていた。立ち飲み屋、串揚げ屋、中華食堂、そして神楽坂のバー。ひと晩に四軒もの酒場をはしごしたことなんていままでにない。思考回路が壊れた状態で、いつもとは違う行動をしていた。

その流れで千紗都を自宅に誘いこみ、押し倒した。彼女は抵抗したが、蒼治は獣になっていた。乱暴に服を奪い、丸裸にして両脚をひろげ、恥辱にまみれた悲鳴を聞きながら貫いた。だが千紗都は、レイプされて泣き寝入りするような女ではなかった。すべてが終わったあと、蒼治を睨《にら》みつけて言った。警察に行く——それを阻止するために、殺すしかなかった……。

あり得ない！　といくら否定してみたところで、それがいちばん説得力のあるストーリーに違いない。この状況を見れば誰もが納得するだろうし、蒼治もまた、完全に否定しきる自信がなくなってきた。

警察というワードが出れば、反射的に刑務所を思いだす。トラウマが疼《うず》く。それだけは絶対に嫌だと、後先を考えられなくなる可能性は少なくない。

部屋を見渡した。床に脱ぎ散らかされた服が、あまりにも乱雑だった。よく見ると、小さなボタンが転がっていた。ブラウスのボタンのようだった。ひとつではない。ティッシュの山の近くにひとつ。壁際にもうひとつ。

戦慄がこみあげてくる。なぜいままで気づかなかったのだろう。これはまさしくレイプの痕跡ではないか。女が自分で服を脱いで、ブラウスのボタンを飛ばすはずがない。一個ならともかく、二個はない。

「全部……僕が……悪いのか……」

白いシーツをめくった。千紗都の顔が現れた。眼を見開いていたときは怖かったけれど、瞼《まぶた》をおろしているいま、その死に顔は安らかだった。そして、死んでいることが信じられないくらい、美しい。

この美しさに幻惑され、酒で思考回路が壊れていた自分は、悪魔に憑かれたように彼女を犯したのか……。

魂が、震えた。あり得ない！　と否定できなかった。蘭はやつれているとメッセージに書いていたが、千紗都の頬はふっくらしていた。猫のように大きな眼も、すっと通った鼻筋も、よく笑う口も、彼女のチャームポイントではあるだろう。しかし蒼治は、千紗都のふっくらした頬がいちばん好きだった。

鶴川素子の自殺をふたりでとめたとき、千紗都は双頬《そうきょう》を薔薇《ばら》色に染めて、そこに大粒の涙を流した。涙が宝石みたいだった。眼尻から頬の稜線《りょうせん》を伝う軌道も、完璧としか言い様がなかった。すぐに背中を向けたのに、あの光景がいまでも忘れられない。萌《も》え絵を描くとき頬のラインにこだわってしまうのも、きっとその影響に違いない。

「なにがあったんだよ……」

指先で、ちょんと頬に触れた。冷たかったし、想像していたような柔らかさもなかった。

「なにがあったのか教えてくれ……僕は僕がキミを犯したなんて信じたくない……ただでさえ会社でいじめられて悩んでいたのに……そんなひどい最期ってあるか？ レイプされて殺されたなんて……」

いつの間にか、自分の頬に涙が伝っていた。

「なあっ！」

ガバッとシーツをめくり、肩をつかんだ。氷をつかんだように冷たかった。魂が凍りつき、ひび割れていきそうになる。

「なにがあったか教えてくれっ！ 僕がキミを殺すわけないっ！ レイプだってするわけないっ！ なのになんでっ……なんで死んでるっ！ なんでこんなことになっちまったんだっ！」

千紗都は答えてくれなかった。瞼さえもちあげてくれない。それでも眼が離せない。凝視することをやめることができない。彼女は死んでなお美しかった。いや、違う。死んでいるからこそ、これほど美しく、魅惑的に見えるのかもしれなかった。眼も開かず、口もきかない――だからこそ、自分はこれほどまでに惹《ひ》きつけられているのではないか。

蒼治は生身の女が苦手だった。怖い、と言ってもいい。いつも蔑《さげす》んだ視線を投げてくるし、人を傷つけるようなことばかり言うからだ。二次元の女の子を愛するようになったのは、そういう気持ちの裏返しに違いない。萌え絵の美少女は、ただ黙ってそこにいる。ただ可愛く笑っている。

いまの千紗都もそうだった。この世のものとは思えないくらい、ただ美しい。実際、千紗都はもう、この世のものではない。魂は天国に行き、死体はただの抜け殻だ。抜け殻だからこそ、これほど綺麗なのだ。

気がつけば勃起していた。

おぞましさに蒼治は正気を失いそうになった。死体に欲情していることがおぞましいのではなかった。男だからおぞましいのだ。男は勃起する。そこに穴があれば貫きたくなる本能がある。自分の中にも眠っているはずのその本能が、おぞましくてたまらない。

「全部悪いのは僕なのかっ！　僕はっ……僕はっ……」

泣きながら、双肩を両手でつかんだ。激しく揺すった。めくれたシーツからは、胸のふくらみまで見えていた。乳首の淡いピンクが清らかすぎて、ペニスが痛いくらいに硬くなっていく。気が狂いそうになる。

いや、すでにそのとき、蒼治はまともな精神状態ではなかった。死体に魅せられ、死体に欲情していた。シーツをさらにめくった。小判形の翳《かげ》りからすんなりした両脚まで、すべてを露《あら》わにした。死体とひとつになりたいという異常な欲望が芽生えるまで、たぶんあとちょっとだった。

欲望の芽を摘んだのは、スマホだった。

千紗都の長い黒髪の下から出てきた。双肩を激しく揺すったことで髪の位置が変わり、下に隠れていたそれが出てきたらしい。

蒼治は千紗都の肩から手を離し、大きく息を吐きだした。乱れに乱れた呼吸を必死に整えながら、スマホをつかんだ。そういえば、バッグの中に入っていなくて、不思議に思っていたのだ。

手帳型のケースを開き、電源を入れようとした。バッテリーが切れているようだった。スマホはｉＰｈｏｎｅ８。古いモデルだが、自分と同じなのですぐにわかった。デスクに行き、充電コードに繋いだ。

なにを求めて、千紗都のスマホを見ようとしているのか——プライヴェートの宝庫とはいえ、スマホの中にいまの状況をひっくり返せるほどの新情報が隠されているとは思えなかった。だからたぶん、意味のある行動ではない。自殺する覚悟が決まるまで、ほんの少し猶予が欲しかっただけだ。

バッテリーゼロから起動できる状態まで充電するには、時間がかかる。五分じゃ無理だ。十分か十五分はかかる。もどかしかったが、待つしかない。

洗面所に行き、冷たい水で顔を洗った。何度も洗うと、少しだけ気分がすっきりした。キッチンに行って冷蔵庫を開けた。ミネラルウォーターが飲みたかったが、入っていたのはコカコーラ、トマトジュース、グレープフルーツジュース。コーラを取り、デスクに戻った。プルタブを開けて飲んだ。炭酸が口の中ではじける感触は心地《ここち》よかったが、甘ったるさが喉にまとわりつく。煙草に火をつけた。ゆらゆらとたちのぼっていく紫煙を、眼を細めて睨みつける。

蒼治と同じｉＰｈｏｎｅ８ということは、指紋認証が使えるということだった。アップルが指紋認証を廃止し、顔認証なんかにしたから、蒼治は半ば意地になって、ｉＰｈｏｎｅ８を使いつづけている。

千紗都も指紋認証を採用していれば、ロック解除は容易《たやす》い。パスワードとなると、さすがに難しい。運転免許証はあるから誕生日はわかるが、いまどき誕生日をパスワードにしている人間なんていやしない。

十分経《た》った。電源は入ったが、ベッドまで持っていくにはコードが足りない。しかたなく抜いて、千紗都に近づいていく。タッチIDは普通、右手の人差し指を使う。そこから試してみる。冷たい指を恐るおそるつかみ、iPhone8のホームボタンへと導いていく。

一発でロックが解除された。彼女もきっと指紋認証を廃止したアップルを呪っていたに違いないが、喜んでいる場合ではなかった。すぐにデスクに戻り、充電コードに繋ぎ直した。

ショートメールが続々と届いて、画面を埋め尽くした。差出人は「笠井」ばかりだった。大道不動産所沢支店の支店長だ。千紗都が無断欠勤している以上、上司としては当然のことのように思われたが、眼についたメッセージを読んで息がとまった。

――さっさと連絡してこいよ、牝豚《めすぶた》。

牝豚？　それは千紗都に対して放たれた言葉なのか。大企業の管理職が、冗談でも部下に向かってそんなことを言うだろうか。同じ苗字《みょうじ》の別人か。

画像が添付されていた。タップして拡大する。女の顔だった。それが千紗都だと、すぐには気がつかなかった。眉根を寄せ、小鼻を赤くし、唇をだらしなく半開きにした女の顔は見たことがないほど浅ましく、セックスの最中だと表情だけでわかった。千紗都だろうか？　それとも単なる悪戯《いたずら》メール？

笠井からきた他のショートメールも開いてみた。

——チンポが疼いてしようがないんだけどな、牝豚ちゃん。

添付画像は、全裸の女が大きく脚を開いていた。今度は千紗都だとはっきりわかり、脳天に雷が落ちてきたような衝撃が訪れた。

羞《は》じらいに歪《ゆが》んでいる顔をしていたが、たしかに彼女だった。羞じらいなどという頼りない言葉では、表現しきれないかもしれない。左右の乳首が、洗濯ばさみで挟まれていた。口紅で書かれたのだろうか、太腿には「牝豚」の赤い文字。両脚の間にモザイクなんてかかっていない。そのかわりというわけではないだろうが、グロテスクな黒いヴァイブが深々と突っこまれていた。

蒼治は立ちあがった。勢いよく立ちあがりすぎて、アーロンチェアがフローリングの床をゴロゴロとすべっていき、壁にあたった。それを追いかけるように蒼治は一歩、二歩と後退《あとずさ》り、三歩目で膝から力が抜けて尻餅をついた。あたりを見渡した。

床の上に千紗都の服が散らばっていた。つかんだ黒い布は、たぶんスカートだ。かまっていられなかった。

布で口を塞いだ。声が外に響かないようにして、叫び声をあげた。正気を失ったように叫びつづけた。目頭が燃えるように熱くなり、涙がボロボロこぼれてきた。涙だけではなく、眼から火まで噴きそうだった。

記憶が、戻った。

蒼治は昨夜の出来事を、すっかり思いだしていた。

第五章　再会

1

神楽坂にある「THE BAR YAMASHITA」の重厚な木製の扉を開けた瞬間、蒼治はひどく後悔した。踵《きびす》を返したくなった。店全体がキャンドルライトのオレンジ色に染まり、想像していたよりずっと甘い雰囲気だったからだ。

それでもさすがに、そのまま扉を閉めることはできなかった。尻尾《しっぽ》を巻いて逃げだすようなみじめな真似《まね》はしたくなかったので、店内に入った。

七つあるカウンター席には、四人の先客がいた。左端にカップル、ひと席空けた右側にスーツの男、ひと席空けた右側に女——舌打ちしたくなった。どこに座っても、隣に誰かいる。ベストはなく、ベターは右端の席だ。それ以外のふたつは、両隣に人がくる。三つあるテーブル席は全部空いていたが、四人掛けの席をひとりで占領する度胸はなかった。

「いらっしゃいませ」

ホストのようなバーテンダーが渡してきたおしぼりを受けとり、顔を拭いた。裏返したり畳んだりして、しつこく何度も口許《くちもと》を拭った。地下鉄の汚いトイレで延々と嘔吐《おうと》したあとだった。煮込みも串揚げもピータンも全部吐いた。自分を汚物のように感じていた。

「ご注文は？」

「ええーっと……バーボン」

バーなんかでなにを頼んでいいかわからなかった。バーボンを飲み慣れているわけでもない。ただバーボンと言ってみたかっただけだ。

「銘柄は？」

「おまかせします」

ラベルにカラスのイラストがあしらわれたボトルを、バーテンダーが目の前に置いた。おまえなんてカラスみたいなもんだ、と言われた気がした。

「オン・ザ・ロックでよろしいですか？　それとも水割り？　ソーダ割り？」

「じゃあソーダで」

答えたものの、刻一刻と場違いな思いは強まっていくばかりだった。燭台《しょくだい》の上でゆらゆら揺れている小さな炎に、ただでさえ仕事を切られて傷ついているプライドが焦がされてしまいそうだった。

ここは間違いなく、恋人同士が身を寄せあって酒を飲むところだ。リア充御用達のイチャつき場——自分のような人間が足を踏み入れていい店じゃない。怖いくらいに静かなのも落ちつかなかった。ジャズがかかっていたはずなのに、どうしてあれほど静かに感じられたのだろう。

バーボンソーダが届いた。ひと口飲んだ。おいしくなかった。どう考えても、体がアルコールを拒否していた。白湯《さゆ》でも飲んで寝たほうがいいのに、自分はこんなところでいったいなにをしているのか。

そのときだった。

「ねえ……」

二の腕をつんつんされ、ビクッとした。

「わたしのこと覚えてない？」

鼻に皺《しわ》を寄せて悪戯《いたずら》っぽく笑った隣の女のことを、すぐに千紗都だと認識できたかどうか、正確に覚えていない。一秒で思いだしたか、五秒くらいかかったか、それとも十秒か……。

顔が近すぎることに驚いていたからだ。千紗都はスツールごとこちらに近づき、身を乗りだすようにして顔を見せてきた。猫のように大きな眼で見つめられた。すでに何杯か飲んでいる様子で、ふっくらした頬がほんのり桜色に染まっていた。

「ええっ？　まさか覚えてないの？」

声はささやくような小さなものだった。ずっとそんな話し方だった。いま思えば、バーテンダーに会話を聞かれたくなかったのかもしれない。

「星奈……だよね？」

「正解」

千紗都はグラスを持って乾杯を求めてきた。やけに大ぶりのワイングラスで、赤ワインを飲んでいた。蒼治はうまく状況を呑《の》みこめないまま、バーボンソーダのグラスを持って乾杯に応じた。チン、と小気味いい音が鳴った。

「ワイングラスをあてるの、本当はマナー違反なんだけどね。薄いから割れやすいじゃない？」

また鼻に皺を寄せて笑う。中学時代から特徴的な彼女の笑い方だった。そうやって笑いかけられて、釣られて笑わないクラスメイトはいなかった。つまらない冗談であろうが、素っ頓狂なことを言っていようが、全員が例外なく笑顔になった。

蒼治も釣られて笑い、バーボンソーダを飲んだ。どういうわけか急に旨《うま》くなり、ふた口ほど一気に喉に流しこんだ。

「久しぶりだね。ひとりかな？」

楽しげに訊《たず》ねてきた千紗都は、ローズピンクのジャケットを着ていた。ブラウスは光沢のある白、スカートは黒。シンプルと言えばシンプルだが、どれも体の線が強調されているようなデザインで、すっかり女らしくなったスタイルを際立たせていた。こんなに胸が大きかったっけ、と内心で眼を丸くした。

「ひとりだね。そっちは？」

「残念ながらおひとり様。なにしてるの神楽坂で？」

「いや、その……仕事で高田馬場に……まあ仕事っていうか……仕事かな？」

「仕事、なにしてるの？」

「えっ……イラストレーター」

「すごいじゃない」

「いや、全然すごくない。売れてないし……」

「これから売れればいいと思う」

「まあ……そうかも……」

不思議な気分だった。十五年ぶりの再会であり、中学時代だって人間関係なんてなかったに等しい。なのに千紗都からは、そういう雰囲気がまったく伝わってこなかった。十五年間という時間の重みも感じられなければ、仲がよかったわけではないというぎこちなさもない。そして蒼治も、そんな彼女にすんなり対応していた。顔には出さなかったが、自分で自分に驚いていた。

「でも意外だな。南野くんがイラストレーターなんて」

「美術部だったわけでもないしね」

「なんかやりそうな感じはしてたけど、もっと違う職業に就くと思ってた」

「どんな職業？」

「ふふっ、わたしの妄想言ってもいい？」

「どうぞ」

「……殺し屋」

一瞬の間の後、眼を見合わせて笑った。手で口を押さえていないと、店中に響く笑い声をあげてしまいそうだった。

千紗都の意見は、突拍子もないものではなかった。蒼治は昔、眼つきがものすごく悪かったのだ。視力が両眼とも〇・三しかなかったせいだ。授業中はメガネをかけていたが、格好悪いのでそれ以外のときははずしていた。おかげで常に睨《にら》んでいるような感じになり、校内でも街中でもずいぶんとからまれた。現在は、レーシック手術を受けたおかげで、メガネもコンタクトも使っていない。

「喧嘩《けんか》もしたことないのに、殺し屋はひどい」

「でも、喧嘩したら強そうだったよ。宇垣《うがき》くんにも勝ちそうだった」

「まさか」

苦笑するしかなかった。宇垣はノンストップと恐れられていた空手部の主将だ。普段はダジャレを連発している楽しい男なのだが、キレたら歯止めがきかない。一度、高校生三人にからまれて反撃しすぎてしまい、過剰防衛で警察沙汰になったことがある。

「でも、自分だって将来イラストレーターになるとは思ってなかったでしょう？」

「将来のことなんか一ミリも考えてなかったね。考えたところでたいしたことはできないって、諦めきってた」

自虐の笑みを浮かべつつも、悪い気分ではなかった。蒼治は酔っていた。酒だけではなく、千紗都の美しさに……。

ただ単に、中学時代の美少女が三十歳になっただけではなかった。髪型は中学時代と同じ黒のストレートロングだったし、顔立ちもそれほど変わっていなかったが、まとっているオーラがまるで違った。化粧をしていたり、アクセサリーをつけていたり、服がフェミニンだったりしたせいもあるのだろう。麗しいというかエレガントというか、そんな感じだった。

いま思えば、千紗都があまりに綺麗《きれい》すぎたから、蒼治は普通に話せたのかもしれない。リアリティがなかったのだ。生身の女ではなく、二次元のキャラクターに見えた。話すほどに、映画のスクリーンの中にでも入りこんでしまったようなふわふわした気分になっていった。

普段なら、女と肩を並べて酒を飲むというシチュエーションだけで緊張する。ましてや相手は地元の同級生。イラストの仕事について深く突っこまれたらどうしようとか、少年刑務所に入っていた過去を知られているかもしれないなどと、不安でたまらなかったはずだ。そんなことをすっかり忘れて馬鹿みたいに笑っていたのだから、やはり酔っていたとしか言い様がない。

一方の千紗都も、蒼治と話すことで、中学時代の彼女に戻っていたのだろう。彼女はままならない現実から、少しの間でも逃避したかった。蒼治とばったり会ったことで、中学時代の自分に戻ることができ、ホッとしていたのだ。

「ごめんね、喉が痛いから大きな声が出せないの」

千紗都はそんな言い訳をしつつも、上機嫌でひそひそ話しかけてきた。小声で話をするために、顔を近づけてきた。普段の蒼治なら自分から遠ざけただろうが、相手は二次元のキャラなので怖くなかった。

特別仲よくなかったとはいえ、いちおうクラスメイトだったので共通の話題は多かった。ひとつ嬉《うれ》しかったのは、千紗都も担任の森野忠志が俗物であることを見抜いていたことだ。教師に逆らったところなど見たことがない優等生の眼にも、あの男はやはり見習いたくない大人のひとりに映っていたらしい。

「思春期なんだからもっと反抗してもいいんだぞ、星奈。とか言われたことある。ポカーンよ、もう」

「ホームルームで尾崎豊《おざきゆたか》かけたりしてね。訳わかんないよ」

少なくとも、最初の一時間くらいは間違いなく楽しく飲んでいた。まわりのことなどまったく気にせず、ふたりの世界ができあがっていた。蒼治に関して言えば、すさまじい多幸感に浸っていた。

「でも、南野くんがこんなに話しやすい人だとは思わなかったな。中学時代、もっと話しかけておけばよかった」

そんなことまで言われたので、ますます舞いあがった。ピッチがあがり、お互いに三杯ずつ酒をおかわりした。見かけ倒しで味はイマイチだったが、オードブルの盛り合わせをつまんだりもした。

彼女の顔色が急に曇ったのは、蒼治がこんなことを訊ねたからだ。

「ところで、星奈はなんの仕事してるの？」

言葉が返ってこなかった。

「頭よかったから、いい大学行って、超有名企業とかに就職したんだろ？　それとも、すでに起業して社長とか？」

「えっ？　普通よ……普通に勤めてる……」

千紗都はそう言ったきり、むっつりと押し黙り、視線さえ向けてこなくなった。どれくらい、押し黙っていただろうか。時計で計れば一分くらいのことだったかもしれないが、それまでテンポよく言葉のキャッチボールをしていたので、異様に長い時間、沈黙が続いていたような気がする。

「ごめん、仕事のことは忘れよう。酒の席なのに野暮だったな」

蒼治はたまらず言った。

「あのさ、星奈は僕が殺し屋になると思ってたらしいけど、実は僕も星奈の未来を妄想したことがあるんだよね。まあ、冗談だから聞き流して。革命家……」

「ねえ」

千紗都が険しい表情で遮った。

「鶴川さんって覚えてる？」

「ああ、もちろん覚えてる」

「屋上から飛びおりようとして、ふたりで助けたじゃない？」

「そうだったな」

「わたし、高校も一緒だったんだ」

「へええ……」

「鶴川さんがいまどうしてるかなんて知らないよね？」

「ああ」

千紗都は鶴川素子の現状をかいつまんで説明してくれた。のちに中村博史が教えてくれた内容とほぼ一緒だった。高校中退、夜の街、シングルマザー、そして幼児虐待。あまりにも救いのない話だったので、蒼治は話題を変えたかった。千紗都の顔からすっかり笑みが消えてしまい、さっきまでの多幸感もどこかへ飛んでいった。

「わたしたち、悪いことをしたのかもしれないね……」

千紗都は横顔を向けたまま、つぶやくように言った。

「あのとき鶴川さんを助けなければ、子供も生まれてこなかったし、子供が虐待されることもなかったんだから……」

記憶が戻ったいまならわかる。彼女の関心事は虐待されている子供でもなければ、望まない妊娠でもなかった。自殺をとめたこと、それ自体だ。死にたかったんだから死なせてあげればよかったのではないか――千紗都はそう言いたかったのである。

実を言えば、蒼治も中学時代に似たようなことを考えた。

鶴川素子の自殺未遂事件のあと、教師たちはそれまで以上にいじめを問題視するようになった。保護者も巻きこんで、いじめ撲滅みたいなメッセージが執拗《しつよう》にアナウンスされた。大人はなにもわかっていないと思った。そんなことをすれば、事を荒立てた鶴川素子がますますいじめられる。大人にバレないような陰湿なやり方で……。

飛びおり自殺はとめられても、蒼治にも千紗都にもいじめをとめる力まではなかった。成績下降でプライドが挫《くじ》かれたうえに陰湿ないじめが続く地獄のような毎日を、結果的に鶴川素子に強いてしまったのである。

死のうとしている人間をとめることがいいことか悪いことか、蒼治にはいまだにわからない。中学生のときは正しいことをしたつもりだったが、いまとなっては単なる迷惑なおせっかいという気がしないでもない。

もし自分だったら、と考えてみれば答えはあきらかだ。生きる気力を失って自死を選んだものの、それを力ずくでとめられて生き地獄に戻される——冗談ではないと思う。助けるのならせめて、その後の責任ももってほしい。

「……えっ？」

気がつくと、千紗都の頬が涙に濡《ぬ》れていた。頬だけではない。綺麗に尖《とが》った顎まででしたたり、それがカウンターにポタポタと落ちている。

「だっ、大丈夫？」

蒼治が顔をのぞきこむと、千紗都はわっと声をあげて両手で顔を覆った。そのとき肘があたってワイングラスが床に転がり落ち、ガシャーンと派手な音をたてて割れた。

ホストのようなバーテンダーがうんざりした顔をした。千紗都の泣き声は大きくなっていくばかりだった。えっ、えっ、と嗚咽《おえつ》をもらし、手放しで泣きじゃくりはじめた。異常な泣き方だった。いい大人が、注射針を腕に刺された幼児のような勢いで号泣しているのだ。

なにが起こったのか、蒼治にはわからなかった。自分たちはほんの数分前まで、笑いながら昔話をしていたはずだ。それがどこでどうボタンを掛け違ったら、こんなことになるのだろう。

バーテンダーが箒《ほうき》とちりとりを持ってカウンターから出てきた。蒼治を軽く睨んだ。もう出ていってくれ、と言わんばかりだった。たしかに迷惑をかけていたが、ずいぶんと冷酷な態度だった。まずは泣いている女性客をいたわることができないのだろうか、と怒りがこみあげてきた。

蒼治は財布から一万円札を三枚出すと、叩《たた》きつけるようにカウンターに置いた。

「お釣りはいりませんから」

一度言ってみたかった台詞《せりふ》を吐き捨て、千紗都を外にうながした。

2

小岩までタクシーで移動することになったのは、そうするしかなかったからだ。千紗都にどこに住んでいるのか訊ねると、この近所だと答えた。送っていくと言うと、妹がいるから泣き顔で帰りたくないと拒まれた。二歳年下の妹と、マンションの部屋をシェアして暮らしているらしい。

「帰りたくないって言われても……」

蒼治は困り果ててしまった。千紗都はまだ完全には泣きやんでいなかった。すっかり精神の平衡《へいこう》を崩していて、涙で流れた化粧を気にする余裕すらない。誰がどう見ても帰宅したほうがいい状態だったが、離してくれなかった。

「話を聞いてほしいの。誰にも言えないことなんだけど、南野くんになら話せそうな気がするの……」

「話なら次の機会にいくらでも聞くから。なんなら明日にでも……」

「いま聞いてほしいのっ！」

髪を振り乱して、腕をつかんできた。女とは思えない強い力で引っぱられ、振りまわされそうになる。

「誰かに話を聞いてもらわないとわたし……もう壊れる……壊れちゃう……」

泣きながら訴え、子供のように地団駄を踏む。また号泣しそうだった。腰が抜けそうになったのか、路上にしゃがみこもうとしたので、体を支えようとすると抱きつかれた。

柔らかい胸のふくらみを押しつけられたが、ロマンチックな気分にも、エロティックな気分にもならなかった。はっきり言って、なにも考えられなかった。突如発生した竜巻に巻きこまれたような、そんな感じだった。

店に入るという選択肢など考えられず、電車に乗ることすら無理そうだったので、やってきたタクシーに千紗都を押しこんだ。クルマが走りだすと、千紗都は少し静かになった。伏せた顔を両手で覆い、声を殺して泣いていた。

時折顔をあげ、上目遣いを向けてきた。少女じみたその表情に、蒼治は鼓動を乱した。

「怒ってる?」

口調まで舌っ足らずになっている。

「いや……」

蒼治は笑みを浮かべて首を横に振った。笑顔はだいぶひきつっていただろうが、とにかく千紗都に落ちついてほしかった。

そもそも怒ってなどいなかった。怒りようもないくらい、驚いていた。彼女の振る舞いは、酒に酔っているというより、精神的な病を疑いたくなるようなものだった。

話を聞くのはかまわない。親、兄弟、恋人、親友、そういったごく近しい人間より、二度と会わないかもしれない薄っぺらい関係の相手にこそ、話せる悩みもあるかもしれない。夜道に座った占い師の前に行列が絶えないのは、きっとそういう原理が働いているからだ。

問題は、彼女の地雷がわからないことだった。仕事を訊ねただけで、錯乱寸前まで取り乱したのである。余計なことを言ってはいけない。こちらから質問するのは厳《げん》に慎み、真摯《しんし》に話を聞いてやるしかない。

「ホントに怒ってない？」

また上目遣いだ。蒼治も萌《も》え絵でたまに描くが、千紗都に上目遣いは似合わなかった。中学時代の彼女はいつだって堂々と胸を張り、上目遣いなんかとは無縁の少女だった。

なにをそんなに怯《おび》えているのだろうか。いったいなにがあれば、ここまで無防備に不安を露《あら》わにできるのか。たとえ今夜の振る舞いで蒼治に嫌われたとしても、恐れる必要はなにもない。彼女の味方になってくれる人間など、他にいくらだっているはずだ。

「怒ってないよ。嘘《うそ》じゃない」

ひきつった笑顔を浮かべて言うと、手を握られたのでビクッとした。

「ごめんなさい。少しだけ……こうしてて……ください……」

千紗都は顔を伏せて言った。恋愛経験に乏しい蒼治でも、それが親愛の情を示す行為でないことは、一瞬でわかった。千紗都の細い指は血が通っていないように冷たく、涙にしっとりと濡れて、可哀相《かわいそう》なくらい震えていた。


小岩の自宅マンションに着いたのは午後九時ごろだったはずだ。

タクシーをおりても、千紗都はひとりでは歩けなかった。肩につかまらせ、腰を支えてやって、なんとか八階の自室に辿《たど》りついた。鍵を開けて部屋に入ると、千紗都はよろよろとベッドに向かっていき、断りもなくうつ伏せで倒れた。べつに不快ではなかった。できることならそのまま朝まで眠ってほしかった。

ただ蒼治の部屋は広いワンルームで、寝室が独立しているわけではない。ベッドルーム兼ダイニングキッチン兼ワーキングスペースなのである。千紗都を起こさないように、照明はつけないままにした。カーテンが開けっ放しだったので、わずかだが外から光が入ってきている。それを頼りに、とりあえずトイレに行った。部屋に戻ると、アーロンチェアに腰をおろした。

マックを起ちあげた。ディスプレイはベッドの方を向いていなかった。多少光はもれても、これなら千紗都が眼を覚ますことはないだろう。メールをチェックしたが、業者からの営業メールしかきていなかった。

酔いはすっかり覚めていた。眠くもない。まさか千紗都と一緒のベッドに寝るわけにはいかないので、寝るなら床だ。布団などない。座布団さえない。スペースの都合でソファの類《たぐ》いも置いていない。

アーロンチェアをリクライニングにし、積みあげた本でもオットマン代わりにして寝たほうが、床で寝るよりマシかもしれない。愛の不毛をテーマにした退屈な芸術映画でも鑑賞すれば、寝落ちできるだろうか。そんな気にもなれず、惰性でネットを巡回する。

友人イラストレーターたちのツイッターをのぞいた。友人といっても直接会ったこともなければ、電話で話したこともない。たいていツイッターにダイレクトメールがきて、お互いビクビクしながら業界の裏話を少しずつ開陳する。クライアントの愚痴をこぼす。ギャラの安さを嘆く。不況の嵐が吹き荒れている現在、景気のいい話などありはしない。A氏が清掃員のバイトを始めたとか、B氏が田舎《いなか》に帰ったとか、薄暗い噂話《うわさばなし》ばかりがやりとりされる。

苦笑がもれそうになった。薄暗い話を披露するなら、いまの自分がもっとも適役ではないか。薄暗いどころか真っ暗だ。久しぶりにツイッターに書きこんでやろうか。今日、仕事を切られました——ビクッとした。

千紗都が起きあがった気配がしたからだった。照明のついていない薄闇の中、女らしいシルエットが揺れる。覚束《おぼつか》ない足取りでこちらに歩いてくる。

「お手洗いは……どこでしょうか……」

長い黒髪で顔を隠すようにうつむいていた。

「ああ……」

蒼治はあわてて立ちあがり、廊下に続く扉を開けた。トイレの場所を教えた。先ほど掃除しておくべきだった、と後悔した。それ以上に、用を足したあと千紗都がおとなしく寝てくれるかどうか、不安でたまらなかった。

トイレを流す音が聞こえ、千紗都が出てきた。うつむいたまま歩いてきたので、表情はわからなかった。

蒼治は座ることも忘れ、部屋の真ん中で立ちすくんでいた。千紗都が近づいてくる。

「怒ってない？」

うつむいたまま言った。声がほんの少し、正常に戻っていた。

「わたし、ずいぶん迷惑かけた」

「怒ってないよ」

「ごめん。本当はわかってた。南野くん、怒らない人だって……」

表情は見えなかったが、クスリと笑ったような気がした。

「わたしもね、怒らない。昔は癇癪《かんしゃく》もちだったの。幼稚園のときとか……でも、怒っちゃいけません、怒っちゃいけませんって、そればっかり言われて育ったから、いつの間にか、怒り方忘れちゃった」

蒼治は黙っていた。言葉など返せなかった。千紗都が地雷のまわりをゆっくりと旋回している気がしたからだ。自爆しようとしているのではないかという不吉な予感が、ドクン、ドクン、と心臓を跳ねさせる。

「でもね、人間、怒るべきときは怒らないといけないのね。怒り方忘れちゃいけないのよ。そう思わない？」

疑問形はやめてほしい。なにか言わなければならなくなる。

「酔っ払ってちょっと羽目をはずしただけじゃないか。誰にだってある」

「南野くんも？」

「実は星奈に会う前、地下鉄のトイレでゲロを吐いた」

今度は笑っているのがはっきりわかった。肩が揺れている。

「三十歳にもなって?」

「三十歳にもなって……地下鉄で……ゲロ……」

千紗都は歌うように言いながらくるくるまわると、そのままの勢いでベッドに向かっていき、両手を伸ばしてダイブした。子供じみた態度だったが、うつ伏せになった背中から伝わってくるのはイノセンスではなく、心の悲鳴のようなものだった。

「話、聞いてもらっていいかな?」

顔を伏せたまま言う。

「ああ……」

内心で怯えていた。おとなしく寝てくれないかな、と正直思った。

「聞くにたえない話よ」

「言いたければ言えばいいよ。ちゃんと聞いてる」

千紗都は体を起こし、ベッドの上で正座した。

「じゃあ、こっち来て座って」

蒼治はベッドに向かった。照明がついていなかったので、枕元のスタンドライトの紐《ひも》を引っぱる。一瞬明るくなったが、すぐに千紗都が消した。レシーブするような俊敏な動きでスタンドライトに手を伸ばし、紐を引っぱった。さすが元バレー部、とジョークを言う気にもなれなかった。千紗都から伝わってくる気配が、悲愴《ひそう》感に満ちていたからだ。

「明るいところでするような話じゃないのよ」

蒼治はしかたなく、暗い中ベッドに腰をおろした。それでも眼が慣れてきたらしい。千紗都が長い黒髪をかきあげると、表情がうかがえた。眼つきはしっかりしていた。覚悟を決めるように、大きく息を吸い、ゆっくりと吐きだす。

「わたし、不倫してたの」

いまにも震えそうな声で、けれどもしっかりと言った。

「相手は十五歳年上の上司。もちろん妻子あり。悪いことしてるのはわかってた。でも、どうしても別れられなかった。好きで、好きで、好きで……わたしその人に会うまで、人を好きになることって全然わかってなかった。恋愛経験も、かろうじて真似事をしたことがあるってくらい。どっちかっていうと興味なかった。仕事が入ると、デートの約束も平気でドタキャンしてたしね。でも、その人のことは本気で……ごめん。露骨なこと言っちゃうけど、セックスがもう全然違うわけ。本気で好きな人に抱かれると、全身が蕩《とろ》けちゃいそうになるくらい気持ちいいの。だから、一生懸命努力した。セックスの努力じゃなくて、奥さんからその人を奪う努力。最低でしょ？　自分でもそう思う。でも、その人と一緒になるためならなんでもできるって思ってた。なにひとつ手に入らなかったけど……結局向こうの奥さんにバレて、うちの会社の役員に奥さんの親戚がいるんだけど、そっちに話がいっちゃった。彼が奥さんと別れてくれるなら、わたしは会社なんて辞めたってよかった。彼にもはっきりそう言った。奥さんと別れてくださいって。全力で拒まれましたけど。彼は奥さんとよりを戻すことを選んだの。子供もいたし、仲人してくれた役員の面子《メンツ》を潰すのも避けたかったんでしょうけど……とにかくわたしは捨てられて、本社から追い払われるように所沢の支店に飛ばされちゃった。勤め先は一部上場の不動産会社。総合職で採用されて、仕事もけっこう頑張ってたんだけどね。評価もされてると思ってた。同期の男子に負ける気なんてしなかった。でも、本当はちっとも認められてなかったみたい。不動産会社って男社会だから……彼が家族を連れてシンガポールに転勤って聞いて、気絶しそうになっちゃった。だって、左遷どころか栄転みたいなものだもの。向こうで結果を出せば、間違いなく肩書きをあげて戻ってこられる。所沢支店なんかとは雲泥の差。会社としては、奥さんに裁判を起こされないようにしてやったんだから感謝しろってことなんでしょうけど……」

蒼治は言葉を挟めなかった。地雷を恐れたからではなく、千紗都がそれを許してくれなかった。彼女は切れ目なく言葉を継いでいた。まるで溜《た》めこみすぎて気持ちが悪くなったものを、勢いよく吐きだしているようだった。

3

わたしは抜け殻になりました。本当なら、辞表を出して南の島にでも行っちゃいたかった。海を眺めて、風に吹かれて、一年くらいボーッとしてたかった。それができなかったのは、会社を辞めるのが怖かったからじゃない。

二つ年下の妹と一緒に住んでるって言ったでしょ？　彼女は仕事人間なわたしとは正反対で、プライヴェートを重視するタイプ。友達がものすごく多いし、食べ歩きとか夏フェスとか旅行なんかが大好き。恋愛経験も……わたしなんて足元にも及ばない。でも、わたしのこと尊敬してくれてる。清純派で優等生なわたしをね。清純派なんて自分でも笑っちゃうけど、わたしは妹にずっとそう思っててほしかった。落ちこんでるところだって見せたくなかった。

所沢に向かう西武新宿線は下りだから、朝空《す》いてるの。とくに武蔵関《むさしせき》とかあの辺になるとガラガラな感じ。満員電車も嫌いだけど、ガラガラの電車に乗って出勤するっていうのもやる気が出なくてね。飛ばされた所沢支店って、わたしを含めて五人しかいないところ。それまで通勤してた本社は大手町《おおてまち》にあったのよ。社員だって何百人もいた。落差が激しすぎて、ますます抜け殻。

電車の中でね、ずーっとLINEを見てるの。誰かとやりとりしてるんじゃなくて、不倫してた彼との履歴。ふたりともLINEで愛をささやきあうようなタイプじゃなかったから、「二十一時に」「了解」とか、ものすごくそっけないんだけど、見てると涙が出てきそうになる。

了解してくれたんだ、って……わたしと会うのを了解してくれてた、って……もう病む寸前でしょ。LINEをひと通り見ると、今度は画像。ツーショットは嫌がられたからほとんどないんだけど、彼ひとりのやつはいっぱいある。痩せた横顔が好きだった。厚みのある背中はもっと好きだった。あと手。左手は指輪があるから絶対に撮らない。右手ばっかり。そんなのアップで何十枚も撮ってたんだから、頭の中が完全にお花畑だったんでしょうね。

わたしにとって所沢は故郷ってことになるのかな？　たしかに所沢で生まれて所

沢で育ったけど、改札を抜けても、バスに乗っても、懐かしくもなんともなかった。実家だってとっくにないしね。わたしが二十歳のころ、秩父《ちちぶ》に家建てて引っ越したの。両親は自然が好きな人たちだからいいけど、わたしは東京の大学に通ってたし、妹も東京の専門学校に進むことが決まってたから、ふたりで都内に住みはじめて……最初は神楽坂じゃなくて、江古田《えこだ》だった。狭くて陽当《ひあ》たりの悪いアパートでね。あのころは妹と喧嘩ばっかりしてたなあ……。

でも、そういうことも懐かしい。所沢支店への異動で、わたしの人生は滅茶苦茶に破壊されました。

不倫でしくじって抜け殻になってたのなんて、いま思えばたいしたことじゃなかったかもしれない。傷口が全然塞がらなくて、触れば痛かったけど、甘美な痛みだったような気がしないでもない。人生の一時期、感傷的になるのも悪いことじゃないでしょう？

所沢支店には、わたしの他に四人が働いていた。四十代の支店長、三十代の副支店長、二十五歳の一般職の女の子、いちばん若いのが二十歳の派遣の女の子……ひどいところだった。とにかく支店長の裏表の激しさに閉口した。お客さんがいるときは気持ちが悪いくらいニコニコしてるのに、社員しかいなくなるとずーっと怒鳴り散らしてるの。

ターゲットは二十五歳の一般職だった。突然、「コピーはまだかよっ！」とか叫んで、彼女は「えっ……頼まれてません」って言うわけ。頼んでないのよ、実際。でも、「言い訳するなっ！」って怒鳴られてて、子供みたいに立たされる。支店長は椅子にふんぞりかえって、一時間も二時間も暴言の嵐。その子、コスプレが趣味のオタクだったんだけど、オタクは社会人として通用しないとか、露出の多いコスプレイヤーは裏で売春してるんだろとか、ひどいことばっかり言う。パワハラ案件なんてもんじゃない。あんなひどいの見たことない。

そりゃあ、本社でもパワハラっぽいことはあったわよ。不動産会社って体育会系が少なくないから、年配の人とかはどうしても言葉遣いが荒くなる。いまの世の中じゃコンプライアンス的に認められない、恫喝《どうかつ》めいたことを口にしちゃうこともある。でも、そんなのと全然レベルが違って、なにかの病気かと思ったくらい。怒鳴ってないと死んじゃう病気。しかも、みんなの前でやるから、不快な怒鳴り声をこっちもずーっと聞いてなきゃならない。

あとから思えば、本社の総務に即刻報告して、善後策を立ててもらうべきだった。でも、抜け殻になっていたそのときのわたしは、見て見ぬふりをしてしまった。本社から飛ばされたっていう負い目もあったしね、報告するのが億劫《おっくう》だったの。シャッターおろすみたいに心を閉ざして、自分とは無関係な風景だと思いこもうとした。常軌を逸している支店長も、それを見てニヤニヤ笑ってる他の社員も、売上目標に届きそうもないプロジェクトも、ノスタルジーなんてちっとも感じさせてくれない所沢の町も……全部。

ターゲットだった一般職の子は、結局耐えられずに退社した。彼女を見殺しにしたことを、いまでもものすごく後悔してる。彼女を助けられることができたのは、わたしだけだったんだから……。

そのころ、鶴川さんのことをよく思いだした。テストの順位がさがったことを男子にからかわれて泣きながら教室を飛びだしたとき、わたしは反射的に追いかけた。男子がわたしの名前を出してからかってたっていうのは、たぶんあんまり関係ない。とんでもないことをしでかしそうだ、っていう直感がわたしを走らせたの。あれはなんだったんだろう？　その場にいた他の人は、トイレにでも閉じこもって泣くんだろうって思ってたはず。だから動かなかった。でも、わたしは嗅いでしまったの。死の匂い？　そういうものを……。

正直言って、わたしは鶴川さんが苦手だった。無愛想な人は嫌いじゃないのよ。

気安く話しかけられるのが好きじゃない人はいるし、南野くんなんてその典型だったもんね？　そういう人には必要なとき以外話しかけない。わたしは誰とでも仲良くなりたかったけど、それってエゴじゃない？　だから、無理して仲良くしようとしないように心掛けてた。

なんていうんだろう、鶴川さんからは敵意を感じた。見下してるような眼でよく見られた。そんな人でも、この人自殺するかもしれないって思ったら、とめずにはいられなかった。

とめるべきは自殺じゃなくて、その原因になったいじめじゃないか、とも思った。鶴川さんって男子だけじゃなくて、女子からもいじめられてたからね。南野くんは知らないだろうけど、女子トイレとか女子更衣室って彼女にとっては地獄だったはずよ。わたしにはいじめをとめる力はなかった。って言うと、いかにも本心ではとめたかったみたいだけど、たぶんそんな気もなかった。いじめをするような人は軽蔑したけど、要するに他人事だった……。

間違ってた。

一般職の子が退職すると、支店長は次のターゲットにわたしを選んだ。ロックオンされたのがはっきりわかった。いきなり怒鳴られたんじゃなくて、最初はピリピリした空気をあてられただけ。

それだけで、わたしは震えあがった。支店長の前に立たされて怒鳴られている、一般職の子の小さな背中が頭の中をチラついてね。今度はわたしの番かって……そう思うと本当に怖かった。だって、ミスなんてしなくても怒られるんじゃ、防ぎようがないじゃない？　って言うか、コピーを頼んだとか頼まなかったとか、そんなこと支店長にとってはどうでもいいわけ。人格否定がしたいんだもん。人格どころか、存在を否定したい感じ？　本当にどうかしてる。

ピリピリした空気は、二週間くらい続いた。あ、怒鳴られる、って思ってビクッとしたことが、一日に二、三回あった。そのときは怒鳴られなかったけど、胸が痛くなるくらい心臓が跳ねて、冷や汗が出て、生きた心地《ここち》がしなかった。

そんなとき、たまたま支店長とふたりきりになったの。夜だった。就業時間は過ぎてたけど、次の日支店長が本社の会議にもっていく資料づくりを頼まれてね。いま思えば計画的に残業させられたんでしょうけど、とにかく支店長も残ってて、出入口の鍵は閉められてて、照明も半分以上消えてて……。

わたしはできた資料を支店長に送信した。「こっち来て」って手招きされた。支店長はディスプレイに向かって、黙々と資料を読んでた。眼つきが怖かった。支店長ってものすごく太ってて、眼が糸みたいに細いんだけど、チラッとこっちを見たとき、蛇の眼みたいに見えた。これはやられる、って鳥肌がたった。支店長が立ちあがった。

「わたしはっ！」

反射的に叫んだ。

「泣き寝入りなんかしませんからっ！　この支店でパワハラがあった場合、本社の総務に報告しますっ！　もちろん組合にも訴えますっ！」

わたしは精いっぱい勇気を振り絞って、支店長を睨みつけたつもりだったけど、実際は青ざめていたかもしれない。支店長はすぐに言葉を返してこなかった。蛇みたいな眼つきで、舐《な》めるような視線をわたしの顔に這《は》わせてきた。気持ちが悪かったけど、それ以上に怖かった。たぶんわたしの両脚は震えていた。

「パワハラってなんの話だい？」

支店長は口の端で笑った。

「もしかして、怒鳴られると思った？　やめてくれよ、ビクビクするのは。キミみたいな優秀な部下を、怒鳴ったりするもんか。いまの資料だって完璧さ。助かったよ。サンキュー」

猫撫《ねこな》で声で言われたけど、わたしは恐怖しか感じていなかった。支店長が一歩ずつ、こっちに近づいてきたから……わたしは後退《あとずさ》った。背中が壁にあたると、バクバク跳ねてた心臓がギューッて縮んだ。

「それに……僕はキミのことを、ただの優秀な部下だとも思っていない。ふふっ、異性として意識してるんだよ。気づかなかったかい？　これでも仕事中、ラブラブ光線を飛ばしてたつもりなんだけど……」

この人はなにを言っているのだろう、って啞然《あぜん》とした。啞然とするに決まってるでしょう？　小さな支店とはいえ、そこは職場よ。上司と部下だし、支店長は妻帯者。家族構成とか知らないけど、左手の薬指に指輪をしてる。そんな立場の人間が、異性として意識してる？

「本社で不倫してたんだってね？　ちゃんと僕の耳にも入っている。気持ちはわかるよ。年上の男とのディープなセックスに嵌《は》まってたんだろう？　そういう気持ちはよーくわかる」

そりゃあね、わたしだって上司と不倫してました。清廉潔白な人からすれば、汚れた人間なのかもしれない。でも……でもね……たとえ不倫でも、そこには恋とか愛とかいう繊細な感情があったの。別れ際に全否定されたけど、付き合っていたときは情熱的に愛しあっているって実感がたしかにあったわけ。

支店長のやってることは全然違う。立場を利用して体を求めてくる、最っ低でゲスなセクハラ！

許されることじゃないって思ったけど、わたしには逃げ場がなかった。後ろは壁だし、支店はすでに閉まっていて、助けも求められなかった。抱きしめられた。わたしは「やめてくださいっ！」って身をよじった。キスをされた。よけたから、最初に唇を押しつけられたのは頰だった。次に顎とか首筋とか舐められた。生ぬるい感触が本当に気持ち悪くて、体中が震えた。首根っこをすごい強い力で押さえつけられて、結局無理やり唇も奪われた。

わたしは抵抗していた。やめてくださいって言いつづけた。でもそれは……本気の抵抗じゃなかったかもしれない。

たぶん……打算があった。体を許せば、みんなの前で立たされて、一時間も二時間も怒鳴られることはないかもしれないって……あれは想像するだけできつかった。ただ支店長に怒鳴られてるだけじゃなくて、そういう立場になると他の社員も軽蔑のまなざしを向けてくる。いじめに加担してくる。

中学のときもそうだったじゃない？　鶴川さんを本気でいじめようとしてたのな

んて二、三人で、あとは尻馬に乗ってるだけ。でも、そっちのほうがタチ悪い。こいつにはなにしてもいいんだって、どんどんエスカレートしていく。三十歳のわたしが鶴川さんの立場になったら……絶対に耐えられないと思った。

あと、抜け殻だったせいもあるんでしょうね。どっかで自暴自棄になってた。不倫の恋を……本物の愛を経験する前だったら、たぶん死ぬ気で抵抗していたと思う。抵抗したら殺されるかもしれないとか、そういうことも考えずに暴れたに決まってる。わたしはか弱いだけの女じゃない。レイプに遭ったりしたら絶対反撃してやろうって、護身術の本まで読んだことあるんだから。でも……いざとなったら……なにもできなかった。むしろ女を使って、セックスさせてあげることで、支店長の庇《ひ》護《ご》を受けようとした。

間違ってた。

大間違いだった。

4

ごめんね。涙が出てきちゃったけど、もう取り乱したりしないから、最後まで話をさせて。

支店にはオフィススペースが少ししかなくて、メインはモデルルームなの。近くに大規模マンションを建ててたから、そこの部屋を再現してた。入口から入っていくと、受付のカウンターがあって、デスクのあるオフィススペースがあって、その奥がモデルルームのリビング。でも、リビングだけじゃなくて、扉の向こうにバスルームとかトイレもちゃんとある。和室や寝室も、暮らしをイメージできるように家具なんかが入れてあって……。

支店長はわたしの手をつかんで、寝室の扉を開けた。照明をつけた。寝室だから薄暗い間接照明。ベッドに突き飛ばされた。振り返ったときの光景を、忘れたくても忘れられない。でっぷり太った支店長が、舌なめずりしながらスーツの上着を脱いでいた。獲物を見る眼つきでね。

わたしは恐怖心がぶり返してきて、それ以上に嫌悪感で吐きそうになって、そこから逃げだそうとした。ベッドから飛びおりたけど、扉は支店長の後ろにあって脱出は失敗。もう一度ベッドにUターン。ネクタイをはずした支店長は、それでわたしの手を縛ってきた。背中で……信じられなかった。そこまでしたらもう、パワハラでもセクハラでもなくて、完全にレイプでしょう?

「もっと抵抗しろよ。俺、そういうの興奮するタチなんだ」

　耳元でささやかれて、わたしはたぶん、頬を思いきりひきつらせたと思う。ピクピク痙攣《けいれん》もしてたかもしれない。必死に眼を見開いて睨んだ。それでも支店長はニヤニヤしながら、わたしの体をまさぐって……。

　南野くんっ！　なにも言わないで。黙って聞いててっ！　全部話したいの。警察の調書みたいに即物的に全部……耳が汚れそうな話なのはわかってる。あとでなんでもお詫《わ》びする。だから最後まで聞いてください。

　わたしはその日、黒いスーツだったの。安っぽいやつじゃなくて、セオリーの黒いパンツスーツ。時計もいちばんいいの着けてたし、髪もアップにまとめてた。キリッとした格好でもしないと、気持ちが保てなかった。所沢にはパンツで出勤する日がほとんどだった。

「キミはもっと女らしい格好が似合うよ。明日からパンツは禁止ね。スカートで出勤してきなさい」

　支店長は耳元でささやきながら、わたしの胸を揉《も》みしだいた。セオリーのスーツの上から！　我慢できなかった。馬鹿にされてると思った。人が仕事をするために着てきた服を……。

でも、いくら睨んだり身をよじったりしても、両手が背中で縛られてるから、好き放題に胸を揉まれた。涙が出てきそうだった。支店長の鼻息は荒くなっていくばかりで、ついに……その……即物的にって言ったから言うね！　わたしの……股間をまさぐってきた。

「熱くなってるじゃないか。服の上からでもはっきりわかるよ。ふふっ、もう濡らしてるのかな？」

熱くなってるのは怒りのせいだと言ってやりたかった。体温計で熱を計ったら、四十何度はあったはず。

支店長はおかまいなしにわたしの大事なところを触りまくって、でも、なんていうか、その手つきだけは乱暴じゃなかった。ねちっこくて、いやらしくて、もちろんわたしは「やめてください、やめてください」って顔を真っ赤にして言って、必死に脚も閉じるんだけど、支店長はやめない。両脚をひろげられる。パンツの上からしつこくいじりまわしてくる。延々とそれが続く。気持ちが悪くてしようがないんだけど、だんだん諦めの気分が胸の中でひろがっていく。

感じているとかそういうことじゃなくて、これはもう逃げられないなって……支店長が満足するまで無理だなって……気がつけば、パンツを脱がされてた。ストッキングとショーツだけのみじめな格好で、両脚をひろげられた。無防備になった股間に、支店長が顔を押しつけてきた。

「匂うぞ、匂うぞ」

虫酸《むしず》が走りそうなことを言いながら鼻をこすりつけては、こっちを見てニヤニヤ笑う。わたしは死にたくなるほど恥ずかしくて、殺してやりたいほど悔しくて、血が出るくらい唇を噛《か》みしめながら、泣きました。ボロボロ涙を流した。支店長がストッキングを破ったビリビリッて音が、心を切り裂く音に聞こえた。

「いい生えっぷりだね」

支店長はショーツをめくって、荒くなった鼻息で下の毛を揺らした。

「オケケが濃い女はスケベっていうからな。キミもそうだろう？　澄ました顔して本当はドスケベなんだろう？　俺にはわかる」

支店長はびっくりするくらい舌が長かった。それをわたしの敏感なところに這わせてきた。わたしは狂ったように身悶《みもだ》えた。もちろん、おぞましくて。その時点になると、わたしはもう早く終わってくれるのを祈るだけだった。喜々として舌を這わせてくる支店長が馬鹿に見えた。さっさと入れればいいのにって……こっちはもう諦めてるんだからって……。

でも、支店長はなかなか舐めるのをやめなかった。たぶん……一時間くらいされてたと思う。もっとかもしれない。支店長は、ただわたしを犯したかったんじゃないの。手懐《てなず》けて言いなりにしたかったの。だから延々と……ねちねち、ねちねち、敏感なところを……舐められて……。

たぶん、普段からそういうやり方をしてるんだと思う。とにかく射精がしたいとかじゃなくて、女を快楽で支配したいと思ってる……そんな人だから、やり方も心得てるみたいでね。敏感なところを舐めるときは、ざらざらした舌の表面じゃなくて、つるつるした裏側を使ったり……。

そんなこと一時間以上もされたら、女はおかしくなってくるのよ。自分の意思じゃどうにもならない。わたしはもう涙を流していなかった。唇を引き結んで、あえぎ声を必死でこらえていた。軽蔑した？　レイプされて感じるなんて、頭のおかしい女だと思う？　しようがないのよ！　人間だって動物なんだから、そこまでされたら発情するの！

声はなんとかこらえていても、わたしは濡れていた。「もうびしょ濡れだぞ」なんて言われたけど、その通りだったんでしょう。

屈辱だった。いっそ殺してくれないかな、と思った。でも、そんなのまだ序の口だった。指を入れられた。いちばん奥までぐりぐりされて、ねちっこくかきまぜられると、こみあげてくるものがあった。イキそうになったの。そんな状況でイカされたりしたら女として終わりだって誰だって思うわよね？　わたしも思った。それだけは絶対嫌だって……。

わたしはなんとかイクのをこらえようとしたけど……ちょっと変だった。普通、そこまで追いこんだら、男の人だってイカせようとするでしょう？　敏感なところを舌の裏で舐められて、中を指でかきまぜられてるのよ。こっちはもう風前の灯火《ともしび》で、まな板の上の鯉《こい》みたいになってるのに……支店長はイカせてこなかった。逆に焦《じ》らしてきたの。

最初はなにをされてるのかわからなかった。もうダメだイカされる、って身構えると、すーっと愛撫《あいぶ》が離れていくの。えっ？　と思うけど、わたしとしてはイカされたくないわけだから安堵《あんど》するわよね？　で、いったんオーガズムの波が過ぎ去っていくと、愛撫が再開。またイカされそうになる。すーっと離れていく。えっ？ええっ？　ってパニックになりそうになって、気がついたら……イキたくてイキたくてたまらなくなってた。

「イカせてほしいかい？」

何度も訊《き》かれた。何度も何度もしつこく……うなずくわけにはいかなかった。でも、イキたくてしようがないのよ。あんなにエッチなことばっかりで頭の中がパンパンになったの、生まれて初めてだった。もう完全に、発情しきってるって感じ。

プライドを捨ててうなずけば……支店長はペニスを入れてくると思った。最悪の事態なんだけど、もう何回も諦めてたから……支店長のでもなんでもいいから、ペニスが欲しくてしかたがない。軽蔑するわよね？　軽蔑していい。わたしはそのとき、ペニスが欲しくてしようがなかった……思いきり絶頂を嚙みしめて、頭の中を真っ白にしたかった。

「イッ、イカせてください……」

わたしは哀願した。泣きながら……しかも、屈辱で泣いてるんじゃないの。ただイキたくて泣いてるの……。

終わったな、と思った。それまで自分に関わったすべての人に、わたしはそのとき、さよならって手を振った。

でも、終わりじゃなかった。なにをされたと思う？　支店長はわたしの両手を縛っていたネクタイをほどいたの。

「イキたいなら、自分でイケばいい」

ゾッとするほど脂ぎった笑顔を浮かべて支店長は言った。オナニーしろって言ったのよ。目の前で……。

わたしは動けなかった。もう手は縛られてないんだから、逃げだすことだってできたかもしれないのよ、その時点で。でも、逃げだすことなんて少しも頭をかすめなかった。頭の中はひとつのことに占領されていた。動けないのに、じっとしてもいられなかった。お尻がもじもじ動いていた。

わたしは、恥知らずにもイキたがっている自分の体を呪った。いつからこんな女になっちゃったんだろうって……考えるまでもなく、不倫のせい。十五歳年上の彼にやさしく、やさしく開発されたおかげ。そのときは快楽の扉が次々に開いていくのが新鮮で、わたしはセックスに夢中になった。恋愛自体にも夢中になってたけど、彼とするセックスは本当にもう特別だった。わたしってこんなにエッチな女だったんだ、ってするたびに上書き。どんどんエッチになっていくことが恥ずかしいんじゃなくて、嬉しいのよ、もう。

でも、やっぱり不倫はよくないことだった。これは報いだと思った。彼の奥さんを傷つけた罰を受けているんだと……。

わたしは支店長の前でオナニーしました。

声をあげて、身をよじって、浅ましく自分の股間をいじりまわした。終わったあとは放心状態。本当の抜け殻ってこういうことを言うんだなって、骨の髄まで思い知らされた。からっぽでなんにもなかった。自分の中にすがりつけるものがなにひとつ……。

笑っちゃうけど、放心状態でいられたその一瞬が、実はいちばん幸せだったのかもしれない。現実に戻される前の一瞬が……すごい恥をかかされたわけだけど、長い時間、延々と焦らされたあとだったからイキ方も激しければ、余韻もすごく深くて……あんな感じは初めてだった。

すぐに冷や水をかけられた。

「素晴らしい作品が撮れたよ」

支店長はいつの間にかスマホを手に持っていた。動画を撮影してたのよ。わたしがオナニーしているところを……わたしは眼を閉じて指を使ってた。支店長の顔なんか見たくもなかったから、ぎゅっと瞼《まぶた》を閉じたままだった。その隙にスマホを出して撮影開始。

そこはベッドの上だったけど、モデルルームの寝室よ。神聖な職場よ。そんなところで……パンツスーツのパンツだけ脱いだ情けない格好で、自分の股間をいじってる動画を撮られたのよ。声をあげて、喉を突きだして、思いきりのけぞっちゃってる……。

「辞表なんか出すなよ。出したらキミの素行を会社に報告しなけりゃならない。いや、世間に問うてみたほうがいいか」

支店長は勝ち誇ったように笑った。要するに、会社を辞めようとしたら、その動画をバラまくってことでしょ。

わたしは支店長の奴隷になりました。

5

「もういいよ」

蒼治はベッドから立ちあがった。千紗都が話を続けようとしたからだ。所在がなく、部屋の中を行ったり来たりする。

「もう聞きたくない。そんな話……」

「さすがに怒った？」

千紗都は笑った。頬は涙で濡れているのに、枯れ木がカサカサ揺れているような乾いた笑い方だった。

「怒っちゃいないよ。約束だから最後まで聞きたいとも思う。でも……あんまりじゃないか」

「そうよ。あんまりなのよ」

「僕には耐えられない」

「聞くって約束したんだから我慢してよ。ここからもっとあんまりになるんだから」

「もっと？」

蒼治は眉をひそめた。

「会社のモデルルームで自慰をした動画を撮影されて、星奈は言いなりになったんだろう？　動画をネタに強請《ゆす》られて、体を求められたんだろう？　もう結末はわかったから、話さなくていい」

「残念ながらそれだけじゃないんだな」

千紗都は皮肉っぽく唇の端に笑みを浮かべた。

「まず、支店長に体を求められたのはその通り。週に二回は支店の寝室でおつとめ。大好きだった彼にもされたことがないような、ありとあらゆる恥ずかしい行為を強要されました。聞くのつらそうだから、ひとつだけ言うね。最初のときは焦らし抜かれたけど、強制的にイカされつづける場合もあるの。両脚を開いた恥ずかしい格好で、ＳＭみたいにロープで縛られて……電マってわかる？　電動マッサージ器。あれすごいのよ。股間に押しつけられると子宮がぐるぐるまわるようなすごい衝撃がある。あっという間にイカされちゃう。で、イッてもそのまま押しつけられてると、最初はきついんだけど、もっと大きな波が来る。五回も六回もそれをしつこく続けられると、すごい苦しい感じになってのたうちまわるわけ。体中ぶるぶる痙攣してて、顔なんかも汗と涙と涎《よだれ》にまみれてぐしゃぐしゃ。もちろん、もうやめて！　許してください！　って泣き叫んでいるんだけど、結局イッたりするのよ。七回、八回、九回……その動画も撮られてて、おつとめの前、支店長はお酒飲みながらかならず見る。モデルルームのリビングにある六〇インチの大画面テレビで。わたしを横にはべらせて。わたしは顔から火が出そうなんだけど、なんていうか……恥ずかしいのを通り越して、全身から力が抜けていくのね。わたしってこんな女だったんだって……最低な牝豚《めすぶた》だなって……牝豚なんて言ってびっくりした？　そういうふうに呼ばれてるのよ。普通じゃ考えられないけど、力が抜けてるから受け入れてしまう。プライドでも見栄《みえ》でも自己愛でもいいけど、普段の自分を支えているものも、抵抗の気力と一緒に体の外に流れでちゃってる。こういうの洗脳っていうんじゃない？　とか思っても無理。だって、わたし、イッてるんだもん。『イクイクイクーッ！』とかあられもない声をあげて、腰をガクガクさせてるんだもん。その事実がいちばん、わたしを傷つけた。こんな気持ちの悪い男に電マでなぶりものにされてるのに、わたし、イッてるって……鼻の穴をひろげた世にも浅ましい顔で、何度も何度も……」

「そういうこともあるんじゃないか」

「はっ？」

「いや、だから……さっき自分でも言ってたじゃないか。人間だって動物だから、しつこく愛撫されたら感じてくるって……」

「わかったようなこと言わないで」

千紗都の眼が吊《つ》りあがったのが、薄闇の中でもはっきりわかった。

「南野くんにわかるわけないよ、わたしの絶望感。それにね、ベッドでいろいろされているうちは、まだよかったのよ。そのうち、昼間もいたぶられるようになりました。よっぽど人を虐《しいた》げるのが好きな人なんでしょうね。まずパンツスタイルは禁止。下着がぎりぎり隠れるようなマイクロミニを穿《は》けって支店長命令。またそういうのを通販で買って嬉しそうに渡してくるのよ。とても外を歩けない短さだから、会社のロッカーで着替えるんだけど、外を歩けないような格好で仕事しなくちゃいけないのよ。完全に異常な感じで、しかも支店長がみんなの前でそれをからかってくるから……わかるわよね？　こいつにはなにしてもいいっていうムードができあがるわけ。他のふたりの社員――三十代の副支店長と二十歳の派遣の子も、わたしに牙を剝《む》いてきた。最初にちょっかい出してきたのは、派遣の子。給湯室で水をかけてきた。スカートに。毎日よ。『ごめんなさーい』とか言うんだけど、底意地の悪い笑顔を浮かべてわざとやってることを隠さない。わたしはいつも、いまにも下着が見えそうなうえ、びしょびしょのスカート穿いて仕事してたの。もちろん下着にまで染みて……そしたらある日、濡れたスカートなんて脱げばいいって支店長命令。脱いでそのまま仕事しろって……ストッキング姿でコピーとか取って、お客さんが来たらあわててカウンターの前に座って下半身隠して……『星奈さんがエロすぎて仕事になんないよ』とか副支店長が言うと、『じゃあ星奈くん、責任とって口で抜いてあげたまえ』なんて支店長が笑って。派遣の子もゲラゲラ笑いながら、『お高くとまってやるんでしょうねえ。超下手《へた》そう』……わたしは……わたしは……」

ベッドが震えだした。ベッドの上で正座している千紗都が屈辱に震えているからだった。見ていられなくて、蒼治は背中を向けた。

「地獄だった。ああ、これがいじめに遭ってる人の見ている光景か、と思った。いちばん怖いのは、それに慣れていくことなの。昨日は股間に水をかけられたけど、今日はお尻のほうにちょっとだけだったから助かったとか、変なことで安心して。支店長におつとめさせられるのだって毎日じゃないから、声がかからない日はお酒を飲んでなにもかも忘れる……上司の性奴隷になって、寄ってたかっていじめられてることを、じわじわ受け入れていく自分がいる。動画を流出させられるのも嫌だったけど、戦わなかったのも逃げださなかったのも、たぶんそれだけが理由じゃない。慣れてきたからよ。牝豚であることに……」

言葉が途切れた。蒼治は肩越しに様子をうかがった。千紗都は放心状態に陥っていた。そこにはない砂漠でも見るような眼つきで、コンクリート打ちっ放しの壁を見つめている。

「でも、もう限界……昨日、決定的なことが起きたの。支店長に残るように言われて、ああ今日はおつとめかって暗い気持ちでいたら、いつまで経《た》っても副支店長が帰らなくて……いつもは絶対定時に帰るのよ。派遣の子だってとっくに帰ってるのに……おかしいなって思ってたら、『そろそろ始めませんか、3P』って副支店長が支店長に言って、えっ？　ええっ？　ってわたしは訳わからない感じになったんだけど、『彼も星奈くんのボディに興味あるみたいだから、今日は3Pしよう』だって……わたしの動画を見せてたのよ。わたしが逆らえないことをわかってて、副支店長も残ってたの。ふたりがかりで、いつもより念入りに可愛《かわい》がられました。四つん這いで後ろからは支店長のペニス、口には副支店長のペニス。涙がとまらないくらい苦しいんだけど、わたしはイッちゃう。最後のほうは完全に頭がおかしくなってて、自分からもねだっていたかもしれない。『こいつ涎垂らして悦《よろこ》んでるよ』とか言われても、腰を振るのをやめられない。目の前にぶらさがっているオーガズムのことしか考えられない。もうダメだと思った。ここで断ち切らないとどこまでも堕《お》ちていく……未来が見えちゃったの。そのうちきっと、派遣の子も夜の部に参加するようになる。四つん這いでひいひい言ってるところを指差して笑われる。スカートだけじゃなくて、下着も脱いで仕事しろって言われても逆らえなくなる……そうなったらもう、正真正銘の牝豚よね？　人間じゃないっていうか……」

千紗都が言葉を切った。沈黙が訪れた。蒼治は恐るおそる肩越しに視線を向けた。千紗都はもう、砂漠を見るような眼つきをしていなかった。運動会のリレーでアンカーを務めていたときのように、まなじりを決していた。

「ご清聴ありがとうございました。長々とごめんなさい。わたしの話はこれでおしまい。ジ・エンド」

ふーっ、と大きく息を吐きだす。

「今日は会社に行かなかったの。朝どうしても起きられなくて、半休とって十時過ぎまで寝て。でも身支度整えて家を出ても、地下鉄の階段の前で足がすくんじゃった。結局おりられなかった。コンビニでお酒買ってトボトボ家に帰って、スマホの電源切ってお酒飲んで、ちょっと寝て、また飲んで……もうすぐ妹が帰ってくるって時間に、バーに逃げた。人生初の無断欠勤……」

「永遠に無断欠勤でいい、そんな会社」

言葉は返ってこなかった。

「辞めるべきだ」

振り返ると、千紗都は力なく首を横に振っていた。

「もう疲れちゃった。なにもかも面倒くさい。会社を辞めるんじゃなくて……死ぬことにした」

冗談を言っているようには聞こえなかった。

「さっき未来が見えたって言ったでしょう？　わたし、いまでも相当病んでるけど、もっと病んだらどうなるのかも見えちゃった。錯乱して、病院に閉じこめられて、薬漬けで自分が誰かもわからないような状態になって……そんなことになるくらいなら、いまのうちに死んだほうがいい。だから最後に誰かに話しておきたかったの。わたしが死んだとき、いまの話を誰かにしてほしいって意味じゃないよ。親や妹はもちろん、間違ってもマスコミになんかしゃべらないで。そうじゃなくて、わたしはわたしが死ぬ理由と、一回ちゃんと向きあっておきたかったの。話しているうちにはっきりした。これはもう、自殺してもしようがない案件よね？　死なないほうがおかしくない？　わたしは恥ずかしい。支店長に最初に迫られたとき、死ぬ気で抵抗しなかった自分の愚かさがどうしても許せない。力じゃ敵《かな》わなくても、ネクタイで後ろ手に縛られてても、舌を嚙んでやるべきだった。おかげでわたしは、自己嫌悪にまみれたみじめな最期を迎える。みじめでいい。消えてなくなりたいっていうより、わたしはわたしを殺してやりたいの。牝豚の自分を……」

蒼治は言葉を返せなかった。暗い海の底にどんどん沈んでいるような感覚があった。光が届かないところまで沈み、なにも見えず、なにも聞こえなくなっても、すぐ側《そば》で殺意が息づいていることだけはわかった。千紗都が言っていた、死の匂いを嗅いだような気がした。

千紗都がふっと笑った。

「とめないんだね？」

乾いた声が背中に届く。

「鶴川さんが死のうとしたときはとめたのに、わたしはとめてくれないんだ？」

なにも言えない。

「べつにとめてほしいわけじゃないよ。とめても死ぬ。鶴川さんみたいにヘマはしない。誰にもとめられないところで、ひとりでひっそりと息をひきとる。明日がこの世の見納めになるでしょう」

蒼治は大きく息を吸いこんだ。

「気持ちは、わかるよ」

「はっ？」

「死にたいっていう気持ちは、わかる」

背中を向けていても、千紗都の顔がこわばったのがわかった。憎悪がこもった口調で言った。

「わかったようなこと言わないでって、さっきも言ったよね。男のあなたにわかるわけないでしょ？　吐きそうなくらい気持ちの悪い男に犯されて、失神するまでイカされて、おまけに輪姦《りんかん》よ……彼らは3Pなんて言ってたけど、輪姦じゃない？　そんなことをされた女がどれだけひどい気分になるか、男のあなたにどうしてわかるの？　魂をのこぎりでギコギコされたみたいなんだよ。生きる気力をぺしゃんこに潰されるんだよ。それでだんだん、自分が自分じゃなくなっていく……」

ガサゴソとバッグを探る音がした。

「いまの話が嘘じゃない証拠に、牝豚の写真を見せてあげる。すごい恥ずかしいけど……部屋に押しかけて、無理やり話を聞かせちゃったお詫び。耳汚しのついでに眼まで汚しちゃうけどね。ほら、こっち見て！」

蒼治はゆっくりと体ごと千紗都の方を向いた。千紗都が息を呑む。蒼治の双頰《そうきょう》が涙で盛大に濡れていたからだ。

第六章　シンクロ

1

千紗都が手にしているスマホには、眼を覆いたくなるようなひどい画像が映っていた。

彼女が全裸で大きく脚を開き、美しい顔を屈辱に歪《ゆが》めきっている。左右の乳首には洗濯ばさみ、太腿には「牝豚《めすぶた》」の赤い文字。両脚の間にモザイクなんてかかってなく、グロテスクな黒いヴァイブが深々と突っこまれていた。

あふれる涙で画像がぼやけた。

蒼治は左手で涙を拭い、右手で千紗都の手からスマホを取りあげた。ぞんざいにベッドに放り投げた。千紗都が睨《にら》んでくる。蒼治が歯を食いしばって涙を流していることに驚き、眼を見開いていたが、恥にまみれた写真を開陳した直後だった。恥ずかしさを誤魔化すように、憎々しく唇を歪めて言った。

「牝豚にされたわたしの気持ちなんて、わからないでしょ？」

「わかるんだよ」

蒼治は間髪入れずに答えた。

「どうして？」

「それは……」

思いだしたくない過去がある。なにかの拍子に思いだしそうになると、あわてて別のことに集中する。誰かに話したことだって一度もない。

だが、千紗都には伝えなければならない気がした。安っぽい同情心で気持ちがわかると言ったのではないと……。

いや、違う。蒼治はそのとき、話したかったのだ。千紗都に話を聞いてほしかった。十年間、腹の中に押さえこんでいたものを、彼女の前ですべてさらけだしたかった。

「僕が少年刑務所に入ってたこと、知ってる？」

千紗都は曖昧に首をかしげた。知らないふりをしようとしたようだが、結局うなずいた。

「ずいぶん昔に……逮捕されたって耳にしたことは……ある」

眼を泳がせながら、気まずげに言った。

「そうだよ。窃盗団の一味として逮捕されて実刑一年三カ月。でも、経緯なんてどうだっていい。いま話したいのは、少年刑務所に入ってからのことなんだ。僕は逮捕されて、ちょっと安堵《あんど》してた。これで悪い人間関係を断ち切れるって……これだけは信じてほしいんだけど、やりたくて窃盗団なんかやってたわけじゃない。先輩に脅されて無理やり手伝わされたんだ……でも被害者はいたわけだし、被害総額は千万単位。迷惑をこうむった人は、僕のことも憎しみ呪ったに違いない。それ相応の報いがあったよ。実刑そのものじゃなくて、天罰みたいなものがね。少年刑務所は地獄のようなところだった。更生施設が聞いて呆《あき》れる。あそこは野獣みたいな連中が、いったん娑婆《しゃば》から離れて牙を研ぎ直すところさ。ワルとワルが悪事の情報交換したり、新しい仲間をつくったりする、犯罪の温床みたいなものなんだ。そこで僕は……犯された。もちろん男に」

千紗都が眼をそらした。

「雑居房には四人いてね。僕が五人目。新入りへの洗礼というか、最初はやっぱりヤキを入れられたりするんだろうな、って覚悟してた。とにかく目立たないようにしていようと思った。でも、意外にもみんなおとなしかった。いきなり喧嘩《けんか》ふっかけてくるようなやつはいなかったし、看守に文句言われないように要領がよくてね。その房を仕切ってたのは、矢野《やの》っていう三十過ぎの男だった。少年刑務所っていても、べつに未成年ばかりがいるわけじゃない。鑑別所や少年院とは違うから、大人のほうが圧倒的に多い。十九歳だった僕は、当然のように最年少だった。矢野はべつに偉ぶっていなかった。まわりはいつも顔色うかがっていたけどね。あとから強盗殺人で逮捕されたってわかった。二十年とかの刑を打たれて自棄《やけ》になってるから、キレると手がつけられないらしい。柔道でもやってたみたいにガタイがよくて、異常に色が白くて、眼つきのおかしい男だとは思ってたけど……睨んでくるんじゃないんだ。真顔で見つめてくるんだよ。なにか？　とか怯《おび》えながら訊《たず》ねると、無言で首を横に振る。意味がわからなかったけど、僕はとにかく目立ちたくなかったからスルーした。刑務所には夕食のあとにテレビの時間っていうのがあって、みんな観《み》てるんだけど、矢野は僕を見ていた。僕はテレビを観ずに本を読んでた。でも、どうしたって視線は気になる。他の連中も、矢野の視線に気づいていた。意味ありげに目配《めくば》せしあったりしてる。入って一週間目の夜だった。隣で寝てるやつがこっちに近づいてきて言ったんだ。『みんなのためだ、我慢してくれ』。次の瞬間、全員がいっせいに飛びかかってきた。手足をつかまれ、口を塞がれて……うつ伏せに押さえつけられた僕はズボンとパンツを脱がされた。なにをされるのか考えたくなかったし、怖くて体も動かなかった。お腹《なか》の下に布団を入れられて、膝を立てさせられた。四つん這《ば》いだよ。背後に人のいる気配がした。肛門《こうもん》になにかを塗られた。たぶん唾だろうけど、さすがにおぞましくて暴れようとした。無理だった。腕を関節技みたいに極《き》められてたし、首を絞めてくるやつもいた。四対一だ、敵《かな》うわけない。肛門になにかが入れられた。なんなのかは考えるまでもなかった。肛門は性器じゃないから、唾をつけたくらいでスムーズになんて入らない。矢野は強引に入ってこようとした。力ずくだよ。むりむりって肛門がひろげられた。焼けた鉄棒を突っこまれたみたいだった。根元まで入れられると、バチンッて音がした。たぶん、肛門のまわりの筋肉がどっか切れたんだと思う。一生排便に不自由する体にされてしまったと思うと、怖くてしかたなかった。それ以上に、苦しかった。矢野は腰を動かしてきた。涙が出た。屈辱とかなんとかじゃなくて、とにかく苦しくてしようがない。口を押さえられてるから、呼吸もろくにできない。意識が朦朧《もうろう》としてきても、痛みがあるから失神することもできない。気絶できればどれだけいいだろうと思った。矢野が僕の中に射精して、その日はそれで終わった。朝まで一睡もできなかった。痛みで疼《うず》いているお尻を押さえながら、世界が破滅してくれることだけを祈ってた。朝がくるのが怖くてしかたなかったけど、起床時間は残酷に訪れた。ビクビクしながら起きると、みんな気持ちが悪いくらいやさしくしてきた。朝食のおかず……鮭《さけ》の切り身を半分、分けてくれた人がいた。そんなことあり得ないんだ。メシアゲっていって、普通は新入りが先輩に取られる。昼間の間、いろんなことを耳打ちされた。別の房の新入りが、どんなふうにいじめられてるかって話だ。毎晩サンドバッグみたいにボコられてるやつもいれば、味噌汁《みそしる》の中に小便を入れられるようなことをされるやつもいる。要するに、おまえはまだマシなほうだってことを、遠まわしに言ってきたわけ。それで夜になると今度は口で……フェラチオをしろって命令された。僕は涙を流しながら矢野のペニスを舐《な》めて、しゃぶって、下手《へた》くそだって文句を言われながら、なんとか口内に射精させた。ザーメンはそのままごっくんしろって言われた。涙と一緒に飲んだ。その日はそれで終わりじゃなかった。他の全員……あと三人にもフェラチオしなくちゃならなかった。一時間以上しゃぶらされて、顎が痛くてしようがなかった。そういうことが、それからずっと続くようになったんだ……」

蒼治は大きく息を吐きだした。ポケットからアメリカンスピリットのボックスを出す。

「煙草《たばこ》、吸ってもいいかな？」

千紗都はこちらを見ずにうなずいた。蒼治はデスクから灰皿を取ってくると、ベッドから少し離れた床にあぐらをかいた。指先が震えて、煙草がうまくつまみだせなかった。唇も震えていた。なんとか咥《くわ》えて、火をつけた。好きな煙草を吹かしたところで、気持ちを落ちつけることなんてできなかった。

「フェラチオで口内射精されてそれを飲まされると、自分の顔が便器になったような気分になるんだ。朝顔ってあるだろ？　男が立って小便する便器、あんな感じ。肛門を犯されると、存在自体が便所になったような気になる。朝顔みたいに可愛《かわい》いもんじゃなくて、掃除の行き届かない公衆便所の汚い和式便所。幸い、排便に不自由するようにはならなかったけど、やられた次の日まで痛みは残ってるし、力を入れても締められなくなったような感じはあった。いまも残ってる。情けないことに、三十にもなって粗相してしまうことまである。僕の肛門を犯す権利は矢野が独占してたんだけど、全員にやられてたらもっと悲惨なことになってたかもしれない。僕は……心と体を分離させることにした。わざとしたって言うより、勝手にそうなったんだろうね。消灯になると、幽体離脱するみたいに魂が天井のほうに浮いていくんだ。ふわふわふわって……みんなの慰み者になってる僕は抜け殻、そう思ってないと、とてもじゃないけど正気を保てなかった。でもそのうち、幽体離脱もできなくなったんだ。『おい、こいつのことも気持ちよくしてやれよ』って矢野が言った。僕の肛門を犯しながら。誰かがペニスをつかんでしごいてきた。何回目からか覚えてないけど、僕は肛門にペニスを入れられると勃起するようになってたんだ。しごかれると快感があった。もちろんそんなこと認めたくなかったし、気のせいだと思いこもうとしたけど、痛烈な快感が波打つように体中を駆け巡って、声まで出てしまいそうになる。それに、男の快感は思いこみで誤魔化せないようになってる。ザーメンで布団を汚して、それが看守に見つかったりしたら懲罰ものだ。僕は涙ながらに哀願したよ。『出ちゃいます。ちり紙あててください。出ちゃいます』。最初に肛門を犯されて、バチンッて音を聞いたときは心が折れたけど、射精したときはもっと絶望的な気分になった。魂が木っ端微塵《こっぱみじん》に砕け散った感じだった。自分はもう、普通の人間ではないと思った。ドピュッと出した瞬間、体の芯が熱く燃えあがった。耐えがたいほどの快感にのたうちまわって、でもそれ以上に暗い海の底に堕《お》ちていくような感覚があって、涙がとまらなかった。きれいな海じゃないんだ。ヘドロの中を何万メートルも堕ちていく感じ……」

煙草を消し、涙を拭った。千紗都もうつむいて涙を拭っていた。

「僕が射精したことをいちばん喜んだのは、矢野だった。次からは、矢野に犯されながら彼の分厚い手のひらでしごかれることになった……死にたいって、毎日思ってたよ。刑務所を出たらその足で死に場所を探すつもりだった。そう思うことで、かろうじて一年三カ月をやり過ごした。でも、両親が迎えにきてたから、タイミングを逸してしまって……とりあえず毎晩のように屈辱を与えられる生活からは逃れられたし、なんとなく死ぬのがうやむやになった。うやむやになんかしないで、死んでおくべきだった。あれから十年……生きてていいことなんかなにもなかったしね。心を閉ざして、部屋にひきこもって、イラストの仕事でなんとか食えるようになったけど、ただ食ってるだけだ。これじゃよくないって奮起して、女の子と付き合ったこともある。僕の絵のファンだって向こうから近づいてきた子だったから、交際スタートのハードルは低かった。でも、続かなかった。オタクの子だから、まあまあ話は合うんだ。仕事柄、アニメとかゲームはそれなりに知ってる。外に出歩くのが好きなタイプじゃなかったのも助かった。食べ物の趣味なんかも合って、一緒に下手くそな料理をつくって笑って……なのに、セックスだけはどうしてもできない。性欲がないわけじゃないいんだ。エッチな二次元とかで自慰はしてる。でも、相手がいると……頑張ってキスとかしても、その先に進めない。誤解なきように言っておくけど、男じゃないとダメとかって話じゃないよ。仕事じゃ女の子のイラストばっかり描いてるくらいなのに、セックスになるとダメなんだ。裸でこう、まぐわう感じっていうのが、どうにも……彼女には少年刑務所での話はしていない。とってもポジティブな子だったから、言えばトラウマ解消にひと肌脱いでくれたかもしれない。でも、そういうのもなんか面倒くさくて……僕みたいな人間は、女の子と付き合ったりしないほうが……いいんだろうなって……」

千紗都が立ちあがった。あぐらをかいている蒼治の横を通りすぎたので、トイレに行くのかと思ったら違った。背中にしがみついてきた。千紗都の体は驚くほど熱を帯びていた。お互い上着を着ているのに、はっきりと伝わってくるほどだった。

「ごめんなさい……」

ひっ、ひっ、と嗚咽《おえつ》をもらしながら言った。

「わかるわけないなんて、ひどいこと言って……」

「いいよ。普通に考えたら、わかるわけないって思うさ」

千紗都の泣き声があまりにも切実だったので、蒼治もこみあげてくるものをこらえきれなくなった。嗚咽があふれた。ふたりでしばらく泣いていた。幼児のような号泣だった。他にどうしようもなかった。

手指だけでは涙が拭いきれず、蒼治はデスクからティッシュの箱を持ってきた。ふたりで代わるがわる涙を拭い、鼻をかみ、フローリングの上に丸めたティッシュの山ができた。あまり美しくないことになっていたが、かまっていられなかった。拭っても拭っても涙はあとからあとからあふれてきて、千紗都が抱きついてきた。蒼治も抱きしめた。ふたりともまだ泣いていた。

不思議な高揚感があった。少年刑務所での生き地獄は、思いだすだけで体の震えがとまらなくなるけれど、あの屈辱と苦悩を理解してくれる相手がいたことが嬉《うれ》しかった。理解して、一緒に泣いてくれている。あの星奈千紗都が……学校中の男子が憧れていた美少女が……。

それはもちろん、彼女自身が現在進行形で生き地獄を生きているからだった。同性に犯されていた自分の境遇もなかなか過酷だと思うが、千紗都が直面している現実はそれ以上に厳しい。不倫していた男に捨てられ、所沢支店に飛ばされるまで、彼女の人生は光に満ちていたのだ。一点の曇りもなくピカピカに輝いていたのだから、転落した地点への落差という意味では、蒼治のゆうに百倍くらいありそうだった。

心臓の音が聞こえた。自分の音と、千紗都の音——重なって聞こえた。いや、重なりたがっているように思えた。

「マジで死ぬつもり？」

蒼治はしゃくりあげながら訊ねた。千紗都が嗚咽をもらしながらうなずく。何度も何度も……。

「死ぬしかないよ……発狂して自分が自分でなくなっちゃうのが本当に怖い……そんなことになるくらいなら……」

衝動を覚えた。どういうわけか、鶴川素子の自殺をとめたときの衝動とよく似ていた。結果は真逆になるのに、考えを整理する前に言葉が出ていた。

「死ぬの付き合ってやろうか？」

千紗都の嗚咽がとまった。

「よかったら、一緒に死んでやるよ」

千紗都が体を離した。呆然《ぼうぜん》とした顔を向けてきた。

「そういう悪質な冗談、やめてくれないかな？」

まばたきを忘れたような眼から、大粒の涙がボロボロとこぼれ落ちる。

「本気で死のうとしてる女をからかうと、化けて出るよ」

「冗談じゃない」

蒼治の眼からも涙がとまらない。

「少年刑務所から出て十年、ずっとトラウマから離れられない。あと二十年、三十年生きても、きっと同じだ。トラウマに縛られて、砂を嚙《か》むような人生を送るだけ……だったら、似たような思いを嚙みしめてる星奈と……僕みたいな男でも、一緒に死ねば少しは淋《さび》しくないだろう？」

ひとつだけ、見栄《みえ》を張っていた。イラストの仕事を切られて途方に暮れているという話は、どうしてもできなかった。

「恩着せがましい言い方して、ごめん。言い直す。もし星奈がマジで死ぬなら、一緒に死にたい……自分の意志で、一緒に死にたいんだ」

千紗都は言葉を返さなかった。ただ黙って、蒼治の顔を見ていた。もう涙を流していなかった。その瞳は、夜の湖のように静謐《せいひつ》に輝いていた。

2

「ねえ……」

長い沈黙を破って、千紗都が声をもらした。夜の湖に、チャポンと小石が投げこまれたようだった。

「仮に……仮によ。ふたりで一緒に死ぬとして、どうやって死ぬつもり？」

蒼治は渇いた喉に生唾を飲みこんでから答えた。

「ここはマンションの八階なんだ。ベランダから飛びおりれば……」

「飛びおりて死ぬのは……やだな」

亡骸《なきがら》があまりにもむごたらしいから、と彼女の顔には書いてあった。

「じゃあ、どうやって死ぬつもりだったんだい？」

「首吊《つ》り……かな。どこかの静かな山の中で……綺麗《きれい》な星空とか見上げて……それをこの世の見納めにするつもりだった」

「いいよそれで」

蒼治は眼尻に残った涙を拭いながら、つい笑ってしまった。なんだか楽しくなってきてしまったのだ。ふたりで死に場所を探しにいく。綺麗な星空の場所までラストドライブ。

「いまはまだ酒が残ってるけど、朝までには抜ける。酔いが覚めたらクルマで出かけよう。あっ、星空が綺麗な場所、ネットで検索してみるか」

立ちあがると、

「待って」

千紗都が手をあげて制した。大きな瞳を左右に動かし、口の中でぶつぶつなにかを言っている。

「やっぱり死ぬのはやめておく？」

蒼治は苦笑した。

「そうじゃない」

千紗都は激しく首を横に振った。長い黒髪が跳ねあがる勢いだった。

「もし……もしも本当に南野くんが付き合ってくれるなら、この部屋で死んでもいい。ううん、この部屋で死にたい」

「星なんか見えないぜ。いや、見えるか……」

確認するため、ベランダに続くガラス戸に向かった。ガラス戸を開けると、いつになく湿っぽい空気が部屋に流れこんできた。

サンダルを履いてベランダに出た。目の前は江戸川なので、都心の夜よりずっと暗い。いつもなら多少は星が見えるのだが、墨でも流しこんだように真っ暗だった。雲が出ているということだ。

こっそりと、安堵の溜息《ためいき》をもらした。せっかくなら千紗都とラストドライブに出かけたかった。十年落ちの軽自動車なのは彼女に申し訳ないけれど、ラパンともお別れができる。ついでに、最後の晩餐《ばんさん》、みたいなものがあってもいいのではないだろうか。

つん、と背中を指で押され、ビクッとして振り返った。

「星なんかいいよ、もう」

千紗都が困惑顔で立っていた。

「そんなことより、お願いがある」

「なんだい？」

「まず部屋に戻らない？」

ベランダには、彼女のぶんのサンダルはなかった。ストッキングだけに包まれた足で、爪先立ちになっていた。

部屋に戻った。ガラス戸を閉め、ベッドに並んで腰をおろした。

「で、お願いとは？」

千紗都は言いづらそうに親指の爪を噛んだ。

「この際なんだから遠慮せずに……」

うながす蒼治の声を、千紗都は遮って言った。

「最後に抱いてほしい」

「はっ？」

蒼治は顔をこわばらせた。

「セックスして」

千紗都が畳みかけてくる。

蒼治は呆れたように首を振った。

「見損なうなよ。そんなことのために一緒に死ぬって言ったわけじゃない」

千紗都は下を向いて力なく自嘲の笑みをもらした。

「……牝豚なんて抱きたくないか」

「その言葉、二度と口にしないでもらえる？」

蒼治は声を尖《とが》らせた。

「そうじゃなくて、話を聞いてなかったのかよ？　僕はセックスが苦手なんだ」

「でもこれって心中でしょ？　心中するのにまったく関係がなかったなんて、おかしくないかな？」

「法律で決まってるのかよ、心中する男女には肉体関係が必要って」

「ごめん。気分を害したなら謝る。言い方を間違えた……なんていうか、その……ちょっとあざとい言い方だったかな？」

しきりに首をかしげてから、声音を改めて言った。

「わたしは昨日、支店長と副支店長にひどいことをされました」

「……ああ」

「そのままの体で死にたくないっていうか……最後に抱かれたのがあのふたりなんて、我慢できないっていうか……」

「そういう気持ちは……わかるけど……」

「じゃあ付き合ってよ」

「うーん」

まったく自信がなかった。押し黙ったまま言葉を返せずにいると、千紗都は小さく溜息をついた。

「わかった。さすがにわたし、図々しいね？　一緒に死んでくれるって人に、苦手なこと押しつけるのはエゴだよね？」

「気持ちはわかるんだよ……わかるんだけど……」

いざそのとき、体がどう反応するのかがわからない。元カノと付き合っているとき、一度しくじった。直前で勃《た》たなくなって、泣かれてしまったことがある。

「折衷案出してもいい？」

千紗都が言った。タフネゴシエーターだ。

「どうぞ」

「裸で抱きあって死にたい」

「そりゃ無理だろ。抱きあってどうやって首吊るんだよ？　睡眠薬でも大量にあれば話は別だろうけど」

「エッチはなしで、裸で抱きあってくれるところまで付き合ってくれればいい。そうすればきっと、穢《けが》れた体が浄化される。南野くんに、浄化してほしい。一緒に死ぬって、なかなかの愛よ。もちろん、普通の愛じゃないかもしれない。でも、けっこうすごいことだと思う」

「それは……そうだったらいいな……」

蒼治はうつむいた。顔が熱かった。胸の中もだ。

「裸でしばらく抱きあってね……」

千紗都が続けた。

「気持ちが落ちついて、覚悟が決まったら……首を絞めて殺してください」

「僕がかい？」

「他に誰が？」

「考えただけでゾッとする」

蒼治は千紗都の首をまじまじと見てしまった。男の手が簡単にまわりそうなほど、細かった。長さも小顔とのバランスがぴったりで、本当に綺麗だ。この首を絞めるなんて……。

「だいたい、ちょっとずるいじゃないか。僕だって、できれば星奈に殺されたいよ。自分で死ぬより、そっちのほうがずっといい」

「ずるいのどっち？」

恨めしげな眼を向けられた。

「エッチもしてくれないんだから……それくらいはしてくれても……いいんじゃないかなあ……」

断り方を失敗したかもしれない、と蒼治は後悔した。セックスを拒んだ段階で、千紗都をすでに傷つけてしまっていたのだ。

当然と言えば当然かもしれない。彼女ほどの美人にベッドに誘われ、拒んだ男なんているはずがないからだ。普通の男なら、手を握られただけで飛びあがって喜ぶ。

いや、義理チョコをもらっただけで、その日は一日中ハッピーに違いない。プライドを傷つけてしまったお詫《わ》びに、ここは譲るしかないか……。

「じゃあその……僕が星奈を殺したとして、僕はどうやって死ねばいいんだい？」

「首を吊ればいいんじゃないかなあ……」

部屋を見渡した。ドアノブに眼がとまった。高いところから首を吊るより、非定型首吊りのほうが静かに死ねそうな気がした。

「あとからひとりで飛びおりちゃうとか……そういうのはやだな。わたしも首を絞められて死ぬんだから、南野くんも同じように……なに笑ってんの？」

「いや、星奈って意外にロマンチストなんだなって。さっきは星空を見てから死にたいとか言ってたし」

千紗都が泣きそうな顔になったので、蒼治はあわてた。

「ごめん。いまのなし。失言だった」

空気が異常に気まずくなった。千紗都はわざとらしくコホンと咳払《せきばら》いをしてから、神妙な面持ちで言った。

「じゃあ、段取りを確認します。裸でしばらく抱きあって、そのあと南野くんがわたしの首を絞めて殺して、そのあと南野くんが首を吊って追いかけてくるって感じでいいね？」

「……了解」

蒼治はうなずいた。ラストドライブも最後の晩餐も消えてしまったが、諦めるしかないだろう。そんなことより、千紗都を殺すという大役を、見事に果たせるかどうか不安でたまらない。

千紗都が立ちあがった。

「じゃあ、一緒にシャワー浴びよう」

「はっ？」

「お清めしてから死にたいでしょ」

「そうかもしれないけど、なぜ一緒に？」

「なんなの、もう！」

千紗都は怒りだした。

「わたしね、一緒に死んでくれるって言われて、本当に嬉しかったんだよ。こんな奇跡みたいなことがあるんだって、胸がとっても熱くなった……この際だから言いたいこと言わせてもらうけど、わたしってモテモテでしょ？　告白されたことが何百回もあるって想像つくよね？　その中でもいちばん嬉しいかもって……ちょっと思って……なのになんなの？　エッチはしてくれない、ロマンチストだって馬鹿にする、そのうえシャワーすら一緒に浴びてくれないわけ？」

「いや、その……別々でもいいんじゃないの……」

「一緒のほうが時短になるでしょ！」

ローズピンクのジャケットを乱暴に脱ぎ、床に叩《たた》きつけた。そのままの勢いでぶちぶちとボタンを飛ばして白いブラウスの前を開け、チェリーレッドのブラジャーを露《あら》わにする。

「なんでここで脱ぐんだよ？　しかもそんなヤケクソな感じで……」

「もっと恥ずかしそうに脱いでほしい？　女はね、エッチもしてくれない男に、そういうサービスはしないの！　南野くんも早く脱いで。さっさとあの世に行きましょう」

腰をくねらせて黒いスカートをおろし、脚から抜く。ナチュラルカラーのストッキングの下で、チェリーレッドのショーツが股間にぴっちりと食いこんでいる。かなりのハイレグだ。

千紗都は怒りのままにストッキングもくるくると丸めて爪先から抜いたが、勢いはそこでとまった。眼の下が下着の色みたいに赤くなっていた。さすがに恥ずかしいのだろう。唇を嚙みしめている。剝《む》きだしの肩が震えている。

蒼治は圧倒されて声も出なかった。尋常ではない怒り方だった。千紗都はさっき、怒り方を忘れたと言ってなかったか。死が目前に迫って、幼児返りしてしまったのだろうか。癇癪《かんしゃく》持ちだったという幼稚園のころに……。

いや、悪いのはたぶん自分だ。

もっとやさしくしてやるべきだった。千紗都は傷ついている。卑劣な上司に心身を痛めつけられ、疲れ果てている。泣いたり怒ったり、テンションは高いけれど、生きる気力を失うほどボロボロになっているのだ。

照れくさいが、シャワーくらい一緒に浴びてやってもいい。首を絞めて殺してくれというなら、恐怖を吞《の》みこんでやるしかない。彼女は漠然と死にたがっているわけではない。生き地獄から解放されたいのだ。いじめやパワハラやセックスの強要だけではない。誇り高い彼女にとって、自己嫌悪こそが生き地獄なのだ。

蒼治は立ちあがり、千紗都の耳に口を近づけた。

「綺麗だよ」

できるだけ真剣な声でささやく。

「中学時代はとびきりの美少女で、みんなの憧れだったけど、いまのほうがもっと綺麗だ。嘘《うそ》じゃない」

千紗都がむくれた顔で、こちらを睨んできた。そんな顔をしないでほしい。せっかくの下着姿が台無しだ。チェリーレッドの下着はなんだか水着のようで、この姿で海に行ったらビーチ中の視線を独占できるだろう。

「こんなにお世辞が下手な人、初めて見た」

ボソッ、と千紗都が言った。

「でも、なんか泣きそう。すごく嬉しい。なんでだろう？　なんでこんなに嬉しいんだろう？」

千紗都はブラジャーとショーツをせわしなく脱ぎ捨てると、生まれたままの姿で蒼治の胸に飛びこんできた。

3

蒼治も服を脱ぎ、バスルームに向かった。洗面所の前で、ちょっと待ってと千紗都に言われた。髪をひとつにまとめたいらしい。

蒼治はひどくそわそわした。千紗都の裸身はドン引きするほどセクシーで、形よく迫《せ》りだした乳房も、高い位置でくびれている腰も、丸々としているのにキュッともちあがっているヒップも、暴力的にいやらしかった。モデルのように手脚が長く、肌はミルクでも練りこんだみたいに真っ白。

そんな女が三〇センチと離れていないところで長い黒髪をまとめてうなじを見せてきたりしたら、男なら誰だって勃起する。むらむらしてきたわけではなく、不可抗力の生理的反応だ。

千紗都も勃起に気づいているはずなのに、涼しい顔をしていた。勃ってるんだからエッチしようと誘ってもこなかったし、エッチしないくせに勃つんだねと皮肉も言わなかった。やさしいところがある、と内心で感謝しながら、ふたりでバスルームに入った。

「冷たっ！」

シャワーから出てきた水をまともに浴び、千紗都は悲鳴をあげた。どこのシャワーだって、最初に出てくるのは冷たい水に決まっている。なのに千紗都は、いきなりそれを胸に浴びたのだった。眼を丸くして笑っている。笑いたかったのかもしれない。

「貸して」

蒼治はシャワーヘッドを千紗都の手から奪うと、お湯が出てきたのを確認してから、彼女の体にかけてやった。太腿《ふともも》の張りつめた白い肌が、湯玉をはじいた。乳房にかけると、淡いピンク色をした乳首が少しずつ尖ってきた。

「体洗ってくれるのかな？」

「冗談はよせ」

「冷たいなあ」

千紗都はボディソープを手に取ると、自分の体に塗りたくった。うなじから胸元、乳房、腰、太腿……。

「ちょっと後ろ向いてて」

言われた通りにした。股間を洗いたいのだろうと思った。たぶんそこをいちばん清めたいはずだ。いちばん穢された場所だから……。

「ひゃっ！」

蒼治は驚いて声をあげた。千紗都が背中に抱きついてきたからだ。

「なっ、なにすんだ？」

「わたしは南野くんみたいに冷たくないから、洗ってあげる」

ボディソープでヌルヌルになった乳房が、背中に押しつけられていた。そうしつつ、千紗都は体を上下左右に動かした。硬く尖った乳首の存在を、背中にはっきりと感じた。

「やめろよ、体くらい自分で洗える」

「愛しあってる男女が一緒にシャワーを浴びたら、体を洗いっこするものなの。法律で決まってるの」

千紗都はおかまいなしに前に手をまわしてきた。ボディソープですべる手のひらが、胸を這いまわる。

「愛しあってる、のか？」

「そう思って死にたいな」

やっぱりロマンチストだ、と思ったが、もちろん口にはできなかった。

「後悔しない？」

「なにを？」

「死ぬこと」

「しないね」

きっぱりと答えた。

「むしろ、こういうチャンスをずっと待ってた……十年……」

「相手は申し分ないですか?」

「ああ」

噛みしめるようにうなずく。

「今夜、星奈に会えてよかった。明日だったらもう会えなかった。ひとりで死んでただろうから……」

「やっぱりわたしのこと愛してるんじゃない?」

千紗都が後ろから首を伸ばして顔をのぞきこんでくる。肩越しに、鼻に皺《しわ》を寄せて笑う。蒼治は釣られて笑わなかった。別のことに気をとられていた。お湯を浴びたせいか、ふっくらした頬が生々しいピンク色に染まっている。

「頼みがある」

「なあに?」

「ほっぺにチュウしたい」

千紗都が眼を丸くする。吹きだしそうになったのを、こらえたように見えた。

「ほっぺじゃなくてもいいよ」

ニヤニヤしながら唇を突きだす。

「ほっぺがいいんだ。ずっと好きだった」

「わたしのほっぺが？　そんなこと初めて言われた」

「いちばんのチャームポイントじゃないか」

真顔で返すと、千紗都はついに笑いをこらえきれなくなった。ククッと喉を鳴らしながら、肩越しに頬を差しだしてきた。

「どうぞ。チュウしてください」

蒼治はまじまじと彼女の頬を見つめた。ずいぶんと顔の皮膚が薄かった。唇を押しつけた。思ったよりも柔らかくて、繊細だった。そして、思ってもいなかったほど、熱かった。唇が火傷してしまいそうだった。

この感触と熱さを忘れないでおこうと思った。ドアノブにベルトをかけて死ぬ瞬間、反芻《はんすう》しようと胸に誓う。

千紗都が肩越しに、うっとりした眼つきで見つめてくる。蒼治も見つめ返す。千紗都の手は動いている。ヌルヌルしたボディソープをまとって、下半身に近づいてくる。

勃起したペニスを、手のひらでそっと包まれた。蒼治はうめいた。千紗都は蒼治の肩に顎をのせ、眉根を寄せて見つめてくる。抵抗するのは許さないとばかりに……。

ヌルヌルの手指が動く。自分でするより、ずっと弱い力でやさしく愛《め》でられた。蒼治は動けなかった。視線もはずせなかった。ただペニスだけが刻一刻と硬さを増し、熱い脈動を刻みはじめる。

シャワーを出しっ放しだった。音が耳障りでしようがない。千紗都が前にまわってくる。ペニスから手は離さない。頰の赤みが濃くなっていた。濃密な色香が匂った。

千紗都は蒼治を真正面から見つめながら、ペニスを愛でてきた。両手を使って、ヌルリ、ヌルリ……。

「さっきはびっくりした……」

蒼治は天井を見上げ、こみあげてくる快楽から逃れるように言った。黙っていると、翻弄されてしまいそうだった。

「星奈、自分がモテモテなの自覚してるんだって、ちょっと引いた」

「ふーん」

ヌルリ、ヌルリ、と手指がすべる。蒼治の両膝は震えだす。

「言いたかったのはそこじゃないって、わかってるくせに」

「でも、モテモテって口に出すかね？」

「ふーん」

ヌルリ、ヌルリ、の力が弱まる。触れてるか触れていないかぎりぎりの感じに、いても立ってもいられなくなる。

「あんなこと初めて言った。他の誰かに言うこともないでしょう」

「一度言ってみたかったのかよ？」

千紗都は質問には答えず、別の言葉を返してきた。

「わたしもチュウしていい？」

蒼治は大きく息を吸いこんでから、ゆっくりと千紗都に視線を落としていった。やさしい顔をしていた。やさしいのに、色っぽい。笑っているようで、笑ってない。大きな眼が潤みすぎて、黒い瞳が溺れそうになってる。

「いいよ」

うなずいた。

「ほっぺじゃなくて、うるさい口だよ？」

もう一度うなずく。

千紗都が顔を近づけてきた。唇と唇が密着した。頬よりも、柔らかくて肉感的だった。頬の感触は可愛かったが、唇はグラマラス。最期に思いだすのはどちらがいいか、悩んでしまいそうだった。

千紗都が口を開き、舌を差しだしてくる。蒼治も口を開くと、舌が口の中に入ってきた。舌をからめあった。千紗都の舌は小さくてつるつるしていた。そして、よく動いた。ペニスを包んでいる両手も動きつづけている。

舌をからめあうほどに、唾液が混じりあった。甘いキスにはならなかった。そのキスはただひたすらに、エロティックだった。

4

千紗都を先にバスルームから送りだした。

彼女の体のボディソープを先に流したからだが、蒼治にはひとつ、ひとりでこっそりと洗いたい場所があった。肛門だ。少年刑務所の話をしたせいで、妙に気になった。死ぬ前に清めておきたかった。

バスルームを出た。千紗都は洗面所の鏡に向かい、化粧を直していた。真剣に眉を描いている表情が凛々《りり》しかった。

蒼治は先に部屋に戻った。枕元のデジタル時計が、午前二時十五分を表示していた。枕がひとつしかなかった。枕カバーの予備はあるので、バスタオルを中に詰めて代用品にした。

少し考えてから、腰に巻いたバスタオルを取った。全裸でベッドに入ったことなどなく、湯上がりの素肌に直《じか》に触れるシーツや布団の感触が気恥ずかしい。千紗都がやってきたら、もっと気恥ずかしくなるのだろうか。

裸で抱きあう時間はどれくらいだろう？　五分か、十分か……三十分では長すぎる。眠くなってしまいそうだ。

千紗都がやってきた。化粧を直した顔を見て、蒼治は息を呑んだ。薄闇の中でも美しさがくっきりと際立っていた。長い黒髪をおろし、体にはバスタオル。無言でそれをはずし、ベッドに入ってくる。

化粧のせいで、千紗都の美貌は凄《すご》みを増していた。同じ人類とは思えないくらい綺麗だった。しかしそれは、化粧のせいだけではなかった。バスルームで口づけをしていたときと、表情がガラリと変わっていた。

神妙な顔をしていた。覚悟を決めようとしていることが、痛いくらいに伝わってきた。いきなり抱きつかれるかと思っていたのに、そういう雰囲気ではなくなっていた。あお向けになっている蒼治に倣《なら》い、天井を向いて横になる。

蒼治は言葉をかけられなかった。なにを言っていいかわからない。無言のまま、横眼で千紗都の横顔を見つめる。

死の匂いを嗅いでいるのだろうか、と思った。鶴川素子が教室を飛びだしたとき、千紗都はそれを嗅いだと言っていた。他人の死の匂いに気づくくらいだから、自分のそれに気づかないわけがない。

蒼治もじわじわと死の恐怖がこみあげてきた。

こういうチャンスをずっと待ってた——千紗都に言ったことは嘘じゃない。それでも、死ぬのは怖い。死ぬ前に、人を殺《あや》める恐怖も呑みこまなければならない。千紗都を殺すのは、ある意味、自殺よりハードルが高そうだ。

ビクッとした。千紗都が動いたからだ。寝心地《ねごこち》が悪そうに身をよじり、もぞもぞしている。

「ごめん。枕が一個しかないんだ。そっちのはバスタオルを詰めたんだけど、枕カバーは洗濯ずみだから……」

千紗都は代用品の枕に不満があるわけではないようだった。スマホを手にしていた。先ほど、蒼治が放り投げたやつだ。いつの間にか布団の中に入っていて、お尻のあたりにあたっていたらしい。

「写真、撮っていい?」

千紗都は手帳型のケースを開き、指紋認証でロックを解除した。

「遺影かい?」

「まさか。単なるツーショット」

肩を寄せてくると、シャッターボタンを押した。スマホの画面が静止する。ふたりとも表情がどんよりしている。千紗都が残念そうに溜息をつく。

「わたし、自撮り下手なんだよねえ……」

「そんな写真、残しておいてどうする?」

「残しておかないよ。このスマホ、支店長が送ってきた変な写真がいっぱい入ってるのね。誰にも見られたくないから、わたしを殺したら自分が死ぬ前に水没させて」

そういう大事なことは先に言ってほしい。

「じゃあなんで撮るわけ?」

「エッチもしないことだし、ちょっとは思い出をつくっておかないと……天国で会えないかもしれないなあって……」

シャッターを切る。蒼治と千紗都は、布団から顔だけ出していた。ふたりとも表情は冴《さ》えないままだ。

「キスしながら撮ろうよ」

付き合ってやることにした。とはいえ、お互い死の恐怖に心臓を鷲づかみにされている。こわばりきった仏頂面で唇を重ねた。バスルームでしたキスのように、エロティックにはならない。

「わかった、こんなの掛けてるからダメなんだ」

千紗都はガバッと布団を剝ぎ、画面にふたりのフルヌードを映した。乳房も陰毛も露わだった。蒼治はバスルームから勃起したままだった。

千紗都は羞《は》じらいに眼の下を赤く染めながらシャッターを切った。蒼治は内心で苦笑をもらした。彼女に似合わない、エキセントリックな行動だった。普段なら絶対、男と一緒にヌードなど撮らないだろう。

「もっと仲良くしてる感じにしたいんですけど」

腰を抱くよう求められ、蒼治は応じた。おずおずと腰に手をまわしていった。湯上がりの千紗都の素肌は温かく火照って、びっくりするほど肌理《きめ》が細かかった。触り心地がよすぎて、手のひらが勝手に動きだしてしまう。気がつけば、腰から腹部にかけて撫《な》でまわしていた。

チラリ、と千紗都がこちらを見てくる。咎《とが》めている感じではなかった。喜んでいる感じでは、もっとなかった。肯定も否定もされなかった。突然やめてしまうのも気まずい気がして、蒼治は太腿を撫でた。女らしい丸みに息を吞んだ。吸い寄せられるようにヒップにも……。

「そんなことしたら、エッチな気分になっちゃうよ」

千紗都が長い睫毛《まつげ》を伏せる。撫でられている尻をもじもじと動かす。

「僕はもうなってる」

千紗都は驚いた顔で何度かまばたきした。

「エッチしたくなったの？」

「ああ」

蒼治は眼をそむけてうなずいた。バスルームにいたときから、少しずつそういう気持ちに傾いていった。むらむらするとか、本能の爆発とか、こみあげてくる激情とか、そういうのとはちょっと違う感じだった。ボディソープをまとった彼女の指でやさしくペニスを愛でられるほどに、まるで夢の中にいるような浮き足だった甘い気分へといざなわれていった。

セックスをすればもっとこの甘い気分に浸れるのではないか――そう思った。欲望を吐きだすためにまぐわうのではなく、それとは違う感じの……。

「君子豹変《ひょうへん》ね。あんなに頑《かたく》なだったのに」

「童貞で死ぬのもあれかなって。男としかしたことがないなんてさ……」

「それが豹変した理由？」

眉をひそめられた。

「ごめん。いまの嘘。星奈があんまり魅力的だからだよ。セクシーすぎて我慢できなくなった」

千紗都がふっと笑った。やれやれ、という心の声が聞こえてきそうだった。また下手なお世辞に聞こえたらしい。

「そんな気分じゃなくなったかい？」

「ううん」

千紗都はスマホを放りだし、蒼治の首に両腕をからめてきた。同じボディソープで体を洗ったはずなのに、千紗都の体はたまらなくいい匂いがした。形よく迫りだした乳房が、胸に押しつけられた。眼も眩《くら》みそうなほど柔らかい。

唇を重ねた。キスのリードは千紗都に任せ、蒼治は彼女の体を撫でた。美しいボディラインを、じっくりと手のひらで味わった。肩から二の腕、脇腹から腰、ヒップから太腿――どこを触ってもうっとりするほどなめらかで、女らしい丸みが伝わってくる。

やがて手のひらは、乳房に吸い寄せられていった。柔らかい肉のふくらみが、手のひらにぴったりと吸いついてきた。指を食いこませて揉《も》みしだいた。乳首に触れると、千紗都は声をもらした。感じている雰囲気ではなかった。痛かったのだろうか。

「どうすればいい？」

蒼治は訊ねた。

「初めてだから、やり方がわからない」

千紗都が視線をはずす。もう一度見てくる。

「なんでもしてくれる？」

「ああ」

「じゃあ傷を舐めて」

「……なんだって？」

今度は蒼治が何度もまばたきする番だった。

「わたし傷だらけだから……」

千紗都の眼つきが、すがるようなものに変わった。

「体中舐めて、傷を治してほしい。動物みたいに」

蒼治は大きく息を吸ってから、うなずいた。彼女の体に傷なんて見当たらなかった。シミや痣《あざ》もなければ、無駄毛さえ見つかりそうもないほど肌の手入れが行き届いている。ただ、眼に見えない傷は、数えきれないくらいあるのだろう。自画像を描かせたら、血まみれの女を描くかもしれない。

蒼治は乳房から舐めはじめた。盛りあがっている裾野から先端に向かって舌を這わせていくと、唾液の跡がついた。肌が白く張りつめているから、エナメルのように光沢を帯びた。体中舐めてほしいというリクエストに応えるため、ふくらみ全体に光沢を与えていく。

乳首を舐めると、千紗都は小さくうめいて身をよじった。今度は感じているみたいだった。吸えばのけぞった。ハアハアと息をはずませながら、眼を細めてこちらを見てくる。瞳がねっとりと潤んでくる。

「もっとして……もっと舐めて……」

蒼治は顔の位置を変え、乳房の下からお腹にかけてキスの雨を降らせた。唇を押しつけて強く吸うと、白い肌が赤くなった。これがキスマークというやつだな、と思った。

「脚、開いてもいい？」

千紗都はうなずいた。うなずく前に、桜色に染まった顔を両手で覆った。

蒼治は彼女の両脚の間に移動した。暴れる心臓の音を聞きながら、両脚をひろげていった。肝心な部分を、いきなり正視できなかった。視線は真っ白い内腿。先ほど見せられた無残な画像が脳裏をよぎっていく。

たぶん口紅だろう、赤い字で「牝豚」と書かれていた。それをされたときの千紗都の気持ちを考えると、心臓を針で刺されたように胸が痛くなる。経験したことがないほどの恥辱を味わったはずだ。両脚をひろげられる前に顔を隠すくらい、恥ずかしがり屋なのだから……。

内腿に口づけをした。乳房より温かかった。舌を差しだし、ゆっくりと舐めはじめた。ただ舐めるだけでは、なんだか納得がいかなかった。舌先を筆になぞらえて、「天使」と書いてみた。

「変な舐め方。くすぐったいよ」

千紗都がクスクス笑いながら身をよじる。かまわず、「女神」とも書いた。なにかが違う気がした。反対側の太腿には「好き」。「大」を追加する。「愛してる」

……熱いものがこみあげてきそうになる。

愛しているという言葉が、妙にしっくりきたからだ。千紗都につめ寄られたときは素直に認められなかったけれど、本当はそういう気持ちなのかもしれない。再会してから、たったの七、八時間。愛を育むには短すぎる時間だけれど、愛していない女と一緒に死のうとする男が、いったいどこにいるだろう?

息をとめて、両脚の中心に視線を移していく。黒い陰毛は優美な小判形を描き、まわりを処理した青い跡などないのに、カリスマ美容師が手入れしているみたいに綺麗だった。全然、動物っぽくない。究極のヌードをテーマにして、神様が腕によりをかけて造形したとしか思えない。

蒼治は眼を凝らした。黒い陰毛の下に、アーモンドピンクの蕾《つぼみ》があった。花びらがぴったりと身を寄せあい、縦に一本筋ができている。

これが傷だ、と思った。

卑劣な男たちによって辱《はずかし》めの限りを尽くされた、いちばん大きな裂傷痕だ。

だが、ただの傷ではないはずだった。千紗都は不倫相手とのセックスに、夢中になっていたと言っていた。「本気で好きな人に抱かれると、全身が蕩《とろ》けちゃいそうになるくらい気持ちいいの」。

せめていい思い出だけを抱きしめて天国に行ってほしい——蒼治は祈りながら舌を差しだした。下から上に舐めた。貝肉質のくにゃっとした感触に、おののいた。この世にこれほどいやらしい舐め心地のものがあったのかと、驚愕《きょうがく》しながら舌を動かす。アーモンドピンクの花びらは舐めるほどにほつれ、ふたつに割れた間から薄桃色の粘膜が見えてきた。

匂いが立ちこめてくる。磯《いそ》の香り？　それともチーズのような発酵臭？　とにかく嗅いだことがない匂いだったが、嗅ぐほどに頭の中が熱くなっていく。脳味噌が沸騰していくような気がする。興奮のままに花を舐めまわす。

「くううっ！」

千紗都が身をよじった。

「ごめん、痛かった？」

千紗都が顔を覆った指を開き、こちらを見た。潤んだ瞳が色っぽい。

「涙が出そうなほど気持ちいいんですけど……」

「いまのやり方でいいんだね？」

「クリがいちばん感じるの」

「クリトリスだ」

「そう。ちょっとだけ突起してる」

「どこにあるか教えて」

言葉が返ってこない。指の間で、千紗の眼が泳いでいる。

「よく見て探して！」

背後に飛んできたボールをレシーブするようにのけぞって手を伸ばすと、スタンドライトの紐《ひも》を引っぱった。

にわかに明るくなった。千紗都の肌の白さに圧倒された。まるでヴァージンスノウだった。陰毛の黒も、濡れ光る粘膜の薄桃色も、唾液によって光沢を帯びた花びらのアーモンドピンクも、なにもかも色合いが鮮明になった。わざと見たわけではないけれど、肛門のセピア色まで……。

蒼治はまばたきも忘れて、クリトリスを探した。花びらを指でひろげると、内側の薄桃色が、薔薇《ばら》の蕾のように渦を巻いていた。ひどく濡《ぬ》れている。イソギンチャクのようにひくひくと息づきながら、蜜をあふれさせている。

だが、ここじゃない。クリトリスはたしか、もっと上の方に……宝探しでもしている気分で、女の体の中でもっとも敏感だという性感帯を探す。大きな花びらと小さな花びらをかきわけて、眼を凝らした。実際、それは宝物のようなものだった。

なんとか見当をつけて舌先でちょんと突くと、

「はぁああんっ!」

千紗都の口からいやらしい悲鳴が飛びだした。いままでとはあきらかに声音が違った。美形の顔立ちに似合わないほど甘くて可愛らしい声だったし、普段より二オクターブくらい高く、ほとんどファルセットだった。

蒼治は夢中で舐めた。クリトリスは敏感すぎるほど敏感らしいから、できる限りやさしく舌先を動かした。

それでも、初めてするのだからうまくはなかっただろう。にもかかわらず千紗都は、甘い声をあげて激しく身をよじっている。長い黒髪をうねうねと波打たせ、大きな乳房を揺れはずませる。時折脚を閉じ、太腿でぎゅっと蒼治の顔を挟んでくる。ずいぶんと大げさな反応だった。わざとやっているのではないかと疑惑を抱いたが、そうではなさそうだった。花びらの間から、こんこんと蜜があふれだしていた。シーツにまで垂れて、淫らなシミがひろがっていった。

5

「交代しましょう」

千紗都が息をはずませながら体を起こした。耳が赤くなっている。ずっと両手で覆い隠していた顔には汗が光っていた。

「今度はわたしが、南野くんの傷を舐めてあげる」

眼つきが変わっていた。虚《うつ》ろなようで生気に満ちている。見つめあうと、エロティックな気分にしかなれない。

蒼治はうながされるままに、あお向けになった。千紗都が横から身を寄せてくる。唇を差しだされたので、キスをした。回数を重ねるごとに濃厚になっていく。千紗都が舌を吸ってきたので、吸い返した。唾液がねっとりと糸を引いた。千紗都はキスを深めながら、見つめあうのをやめようとしない。

眼つきだけではなく、吐息の匂いにも変化があった。甘酸っぱい匂いがした。それが熱い塊になって、顔にぶつけられる。蒼治も熱い吐息をぶつけ返す。

千紗都は長い黒髪をかきあげ、唇を乳首に移動した。舐められた。嘘だろ、と蒼治は驚愕した。

気持ちがよかったからだ。男の乳首は性感帯ではないはずだった。なのにこんなにも気持ちいい。身をよじらずにはいられない。いったいなにが起こっているのか。乳首だけではなかった。千紗都が撫でてくる首筋や頬も、からめられた脚も、なんとも言えない心地よさを運んでくる。

千紗都の脚は無駄毛が少しもなく、白磁みたいになめらかで、膝なんて少女のようにつるんつるんだ。

脚をからめあっていると、それを感じて興奮する。全身で、彼女を感じたいと思う。体中の肌という肌が、性感帯になってしまったみたいだった。

千紗都が場所を移動した。蒼治の両脚の間に陣取った。いきなり両脚をひろげられたので顔が熱くなった。女のようなM字開脚にされた。蒼治がおののくのを尻目に、千紗都は顔をもぐりこませてきた。ためらうことなく、肛門に舌を這わせた。

蒼治は声をあげてしまいそうになったが、なんとかこらえた。

肛門を舐められるのは、くすぐったかった。それ以上に、罪悪感に胸を揺さぶられる。千紗都のような美人に排泄《はいせつ》器官を舐められるなんて……。

もちろん、彼女がなぜそんなことをしているのか、理解できない蒼治ではなかった。舐めることで、傷を癒してくれようとしているのだ。決して塞がらない傷を、それでもなんとか、少しだけでも塞がるように。千紗都は肛門に舌を這わせながら、勃起したペニスをやさしくしごいてきた。

涙が出そうなほど気持ちがいい——千紗都の花を舐めたとき、彼女はそう言っていた。蒼治もまた、涙が出そうなほど気持ちがよかった。肉体的にもそうなのだが、魂が共鳴していた。愛でもなく、恋でもないかもしれない。それでもこんなにも、胸が高鳴る。千紗都のことが愛《いと》おしくてしようがない。

「うわっ……」

千紗都がペニスを咥えこんだので、蒼治はたまらず声をあげた。眼をつぶってしまいそうになったが、そんな愚かなことはできなかった。千紗都は蒼治の性器をしゃぶりあげながら、こちらを見ていた。双頰《そうきょう》をぺっこりとへこませ、鼻の下を伸ばした不様な顔を見せつけてきた。二次元ではあり得ない、生々しいエロスに圧倒された。

美形の顔を不様に歪ませているだけではない。口の中に唾液を溜め、じゅるっ、じゅるるっ、と音をたててしゃぶってくる。わざと大胆に音をたてている。ペニスから口を離すと、白濁した唾液が下唇から糸を引いて胸に垂れた。それもたぶん、わざとやっている。わたしは清純派の優等生なんかじゃない！　心の叫びが聞こえてきそうだ。

それではいったいなんなのだろう？　清純派の優等生でないなら、本当の千紗都はどんな女なのだろう？　死ぬまでに、少しでいいから理解したかった。理解するための方法は、ひとつしかなかった。

もっとこの行為に没頭することだ。

「星奈」

「……なに？」

唇からペニスを引き抜いた。長い黒髪をかきあげた下から、眼の下を赤々と紅潮させ、黒い瞳を潤みきらせた、いやらしすぎる顔が出てきた。涎《よだれ》のように口のまわりを濡れ光らせている唾液を、拭う素振りさえ見せない。

「一緒に舐めあわないか？」

「……シックスナインってこと？」

「嫌かい？」

千紗都は大きな黒眼をくるりとまわした。

「気が合うね。わたしもいま、したいなって思ってた」

セックスが苦手って言ってたから遠慮してたんですけど、というニュアンスがちょっとあった。蒼治は自分でも不思議だった。セックスに対する苦手意識や嫌悪感を、まったく感じていなかった。

千紗都が二次元の住人のように美しいから、だろうか。美しさは輝きを増していくばかりだったが、彼女はもう二次元の住人ではなかった。発情して蜜を漏らしているし、強い匂いも放っている。ただ美しくそこにいるわけではなく、言葉ひとつ、身振りひとつで、男を傷つけることができる怖い存在だった。反対に、癒すことも、励ますことも、悦ばせることもできる……。

「いくよ」

千紗都が軽やかな身のこなしで、蒼治にまたがってきた。上下逆にだ。蒼治の顔に向かって、尻が突きだされた。身のこなしは軽やかでも、眼と鼻の先に迫ったヒップは呆れるほどボリューミーだった。丸々としたフォルムに息を呑んだ。こんなにもセクシーな丸い線を、自分では絶対に描けないだろう。

尻の双丘を両手でつかみ、ぐいっと割りひろげた。セピア色のアヌスと、アーモンドピンクの花が見える。花は蜜をしたたらせている。脳味噌が沸騰しそうなほどエロティックな匂いを振りまいている。

匂いに吸い寄せられるように、蒼治はアーモンドピンクの花に舌を近づけていった。むちむちした尻肉が顔にあたって、前からするより舐めづらかった。舌を限界まで伸ばして舐めた。千紗都が腰をくねらせる。そうしつつ、ペニスを咥えてくる。ねっとりとしゃぶりあげられる。声が出そうになる。

傷を舐めあうように、性器を舐めあった。こみあげてくる快感が、余計なことを考えるのを許してくれない。蒼治は頭の中を真っ白にして、千紗都の傷に舌を這わせた。花びらを口に含み、あふれる蜜を啜《すす》っては嚥下《えんげ》した。

体の中に、千紗都の匂いが充満していくような気がした。もっと充満させたかった。千紗都の色に染まりたいと願った。

「うんぐっ……うんぐっ……」

千紗都も感じているらしい。ペニスをしゃぶりあげながら、鼻奥で悶《もだ》えている。淫らなほどに腰をくねらせ、ヒップを揺らす。

寄せては返す波のように、快感がふたつの体を行き来していた。傷を舐めあっているはずだった。しかし、その行為はいつしか、悦びを重ねるものに変わっていった。鼻奥からもれる切迫した声を重ねあわせて、悦びの歌を唱和していた。泳ぎながら歌う二匹のイルカのように……。

ふたりで快楽の海にたゆたっていた。

このまま溺れ死にたい——切実な思いがこみあげてくる。千紗都がペニスを強く吸いたてると、衝撃的な快感が呼吸をとめた。ただでさえ、鼻は尻の桃割れに埋まり、口は絶え間なく千紗都の花を刺激しつづけている。酸素が欠乏して意識が朦朧とし、何度となく気が遠くなりそうになる。

だが、それさえも心地いい。

まるで夢の中にいるような多幸感がある。

このままふたりで同時に死ねれば、どれだけ幸せだろう？

6

千紗都が上体を起こし、体の向きを変えた。顔も耳も首筋まで生々しいピンク色に染めて、ハアハアと肩で息をしていた。

女とセックスをするのが初めての蒼治にも、千紗都がなにがしたいのかわかった。騎乗位での結合だ。

声をかけあったわけでもないのに、結合を求めるタイミングは一致していた。ふたりの呼吸はあっていた。

蒼治は千紗都が欲しかった。傷を舐めあって身をよじるほどに、もっと深く繋《つな》がりたいという、耐えがたい欲望がこみあげてきた。千紗都もたぶん、そうだったのだろう。

蒼治の腰にまたがった千紗都は、淫らなまでに潤んだ瞳でこちらを見下ろしてきた。ヒップを少し浮かせた。唾液にまみれたペニスをつかみ、自分の両脚の間に導いていった。

なにかを言いかけて、やめた。結局なにも言わずに、黙って見つめてきた。蒼治も見つめ返す。千紗都の表情が険しくなる。蒼治もきっとそうだったろう。ペニスの先端に濡れた花びらがあたっていた。言葉なんて出ない。

視線だけを情熱的にからめあった。千紗都が腰を落としてきた。ペニスの先端が、女の体の中に埋まった。ヌメヌメした内側がぴったりと密着してきて、蒼治はのけぞりそうになった。男の器官を受け入れるためにある場所だと、はっきりわかった。歓喜さえ伝わってきそうだった。驚くほど濡れていたし、それ以上に熱を帯びていた。蒼治は息ができなくなった。千紗都も息をつめている。まなじりを決して、最後まで腰を落としてくる。

「ああっ……」

千紗都は急に泣きそうな顔になって、上体を覆い被《かぶ》せてきた。蒼治は両手をひろげて彼女を受けとめた。長い黒髪がさらさらと顔にかかるのが、たまらなく心地よかった。磁石のS極とN極のように唇が吸い寄せられ、先を争って舌をむさぼりだした。ひとつになっている実感があった。自分の性器が、たしかに千紗都の中に入っていた。そのことが、嬉しくてたまらない。

千紗都がもじもじと腰を動かした。手のひらで蒼治の頰を包んだ。じっと見つめられた。言葉はなくても気持ちは通じた。一時、お別れになるらしい。千紗都はせつなげに長い睫毛を震わせながら、それでも欲望をこらえきれないという表情で、再び上体を起こした。

腰を、使いはじめた。エロティックなダンスを踊るように、股間を前に跳ねあげてきた。白い乳房が揺れはずんでいた。その先端で清らかなピンク色の乳首が尖っている。この世のものとは思えない光景だった。

千紗都は眉根を寄せ、眼をつぶっていた。赤くなった小鼻が、身震いを誘うほどいやらしかった。半開きの口から、絶え間なく声を放っていた。鳥の羽根で耳を撫でられているような、甘い声だった。その声が甲高くなった。にわかに腰の動きが速くなり、性器と性器がこすれる音がした。千紗都は恥ずかしそうに頬をひきつらせている。それでも腰はとまらない。股間を前に跳ねあげる動きが切迫し、ふっくらした頬が薔薇色に染まっていく。

「やだっ……やだやだっ……」

長い黒髪を振り乱した。

「イッ、イッちゃうっ！」

ぶるっと身震いすると、ガクガクと腰を震わせた。舞台監督がストップをかけたかのように、ダンスの動きがとまった。千紗都は蒼治から顔をそむけ、羞恥と快楽を同時に嚙みしめていた。ひどく恥ずかしそうなのに、たまらなく気持ちよさそうだった。肩の小刻みな震えが、まだとまらない。

蒼治は呆然と見上げていることしかできなかった。オルガスムスに達したせいか、ペニスへの締めつけが増したような気がした。ペニスは負けじと硬さを増して、千紗都をしっかりと貫いている。

蒼治は上体を起こした。呼応するように千紗都は両膝を立て、蒼治の首に両手をまわしてくる。頬と頬をくっつけられた。蒼治が頬を好きだと言ったことを、覚えていてくれたらしい。

「南野くんのほっぺ、すごく熱い」

息をはずませながら、ささやいてくる。

「星奈だって」

頬よりも、胸が熱くなってしようがない。

「このままわたしが後ろに倒れたら、正常位になるから……」

頬をくっつけたまま、千紗都は言った。

「最後は正常位でして」

「わかった」

蒼治は千紗都を抱きしめていた。もっと強く抱きしめたかった。正常位になれば、その願いが叶《かな》いそうだった。千紗都をあお向けに倒そうとしたが、

「待って……」

動きをとめられた。言葉は続かなかった。短い沈黙があった。

「出す前に……殺して」

「えっ？」

蒼治は驚いて頬を離し、千紗都の顔をのぞきこんだ。千紗都は潤んだ眼を凝らして、祈るような表情で蒼治を見た。

「射精をすると男の人はやさしい気持ちになっちゃうでしょう？　南野くん、たぶんわたしのこと殺せなくなる。だから、その前に首を絞めて。射精する寸前は動きも激しくなってるから、わたしもすごく気持ちよくなってる。訳わからないくらい乱れてるかもしれない。その状態で……天国に行きたい」

一瞬、千紗都の言葉を脳が拒絶しそうになった。セックスなんかしたせいで、この世に未練ができてしまった。死のうと思ったが結局死にきれず、傷を舐めあいながらふたりで生きていく――それもまた、人生ではないかと思った。もちろん、すぐに打ち消した。千紗都が受け入れるわけがない。

「……了解」

蒼治は腹を括《くく》った。たしかに千紗都の言う方法がいちばんいいのかもしれなかった。いや、たぶんどんなやり方を求められても、応えただろう。千紗都を生き地獄から解放するためなら、なんだってできたはずだ。

もうすぐこの手で人を殺めることに戦慄し、欲望が潰《つい》えることはなかった。千紗都は自分があの世に行く段取りをささやきながら、腰を動かしていた。騎乗位のときよりいやらしい、粘りつくような腰使いだった。ペニスはますます硬くなり、出口を求めて身震いしている。

蒼治は千紗都をあお向けに倒した。前に伸ばしていた両脚を後ろに畳むのが大変だったが、なんとかクリアした。

千紗都の乳房は、あお向けになっても形が崩れなかった。ひっくり返った蛙《かえる》のようにひろげている両脚の間には、太く勃起したペニスが刺さっていた。衝撃的な光景だったが、ジロジロ見るのは千紗都に悪い気がして、すぐに上体を覆い被せて、肩を抱いた。

千紗都も蒼治の首に手をまわしてきた。至近距離で見つめあった。照れくさいはずなのに、蒼治は笑えなかった。千紗都も笑わない。お互い険しい表情になっていくばかりだ。

腰を動かした。ぎこちなくて、自分でも焦《じ》れったくなるような動きしかできなかった。それでもなんとか、ペニスを出し入れした。次第にスムーズになっていった。千紗都が呼吸を合わせてくれているからだった。

「いいっ……気持ちいいよっ……」

甘い声に熱を帯びさせ、のけぞって乳房を突きだす。ペニスが出し入れされるたびに身をよじり、下から腰を動かしてくる。いやいやをするように首を振っては、長い黒髪を波打たせる——花を舐めていたときよりも、彼女の反応は激しかった。

あられもない、と言ったほうが正確かもしれない。それでも眼を閉じない。濡れた瞳で見つめてくる。

蒼治も見つめ返した。花を舐めていたときのように、冷静ではいられなかった。ピストン運動がスムーズになっていくほど、痛烈な快感が体の芯を走り抜けていく。痛烈に決まっている。傷の舐めあいどころか、傷をこすりあわせているのだ。千紗都も同じことを思ってくれているだろうか。ふたりはいま、傷と傷とをひとつにしている。

頑張ってピッチをあげると、千紗都は甲高い悲鳴をあげた。腕の中で、弓なりに反り返った。その体を強く抱きしめる。しなやかで細い。そのくせ、乳房は大きくて柔らかい。時折ぎゅっと腰を挟んでくる太腿も肉感的だ。女の体は不思議だった。なぜこんなにも魅惑に満ちているのだろう？　自分でも制御できなくなるくらい、興奮が高まっていく。

腰を振りたてるほどに、蒼治は自分の中にあったセックスのイメージが音をたてて崩れていくのを感じた。

セックスにおけるあらゆる行為は、すべて射精へのプロセスだと思っていた。溜まったものを吐きだすためにするのであり、クライマックスに向かって一直線に走り抜けていく——要するに、セックスは自慰の延長線上にあるものだと考えていたのだ。自慰の目的は、射精以外にあり得ない。

だが、実際に経験してみると、自慰とセックスは全然違った。べつに射精などしなくてもよかった。むしろ、いまの状況を永遠に続けたいという強烈な欲望に、身も心も支配されていく。

ずっと千紗都と繋がっていたかった。体を動かすリズムを共有していることが、こんなにも心地いい。心地よすぎて、感極まりそうになってしまう。

唇を重ねようとすると、千紗都が大きく舌を出してきた。蒼治も真似《まね》をして舌を出し、口の外でからめあった。味わっている、と思った。自分はいま、千紗都を味わっている。

千紗都も自分を味わってくれているだろうか。童貞の拙《つたな》い腰使いでも、気持ちは届いてくれているか。一打一打突きあげるたびに、心の中で反芻している言葉があった。先ほど舌で太腿に書いたやつだ。

愛してる、愛してる、愛してる……。

「ああっ、いいいっ！　蕩けるっ！　蕩けちゃうっ！」

千紗都の眼から、大粒の涙がこぼれた。薔薇色に染まった頬に、宝石のような涙の粒が続けざまに伝う。

この世に別れを告げる悲しみの涙には、見えなかった。死を目前にしているのに、彼女はむしろ歓《よろこ》んでいた。性的な悦び以上に、生まれてきたことを歓んでいるように見えた。

蒼治がそうだったから、そんなふうに見えたのかもしれない。三十年間生きてきて、生まれきてよかったと初めて思った。死が目前にあるにしろ、いや、逆にそうであるからこそ、命が燃えているのかもしれなかった。命を燃やして、千紗都を愛していた。

「イッ、イクッ……」

千紗都が声を絞りだした。

「イッ、イッちゃうっ……またイッちゃうっ……」

息をつめて身構え、次の瞬間、腕の中でビクンッと跳ねた。ジタバタと手足を動かしながら、身をよじった。体中の肉という肉が痙攣《けいれん》しているようだった。

経験したことがない熱狂状態に、蒼治はいざなわれていった。騎乗位のときより、何倍も激しいイキ方だった。オルガスムスに達した女と繋がっているのは、こんなにも深い悦びがあるのだと知った。

夢中で突いた。千紗都はイキきってなお、快楽をむさぼるのをやめようとしなかった。また一段ギアがあがったように、手放しで乱れはじめる。涙を流しながら肉の悦びに翻弄されている。あられもない姿なのに、眼を離せない。長い黒髪が、ざんばらに乱れている。美形の顔だって、無残なくらいくしゃくしゃになっている。それでも見つめてしまう。まばたきも忘れて凝視しながら、ペニスを出し入れする。千紗都が愛おしくてたまらなかった。乱れた髪を直してやった。汗でおでこに髪がくっついているのが、なんだか可愛らしい。頰を手のひらで包んだ。手のひらに伝わってくるふっくらしたフォルムと燃えているような熱さに、涙が出てきそうになる。

涙を流すかわりに、腰を振りたてるピッチをあげた。うまく連打を放つことができ、性器と性器をこすりあわせる音が撒《ま》き散らされた。けっこう破廉恥な音なのに、千紗都はもう、羞じらうことさえできない。

こんなにも音がたっているのは、千紗都が濡らしすぎているからだった。見なくてもわかった。蒼治の肛門まで濡れている。あふれた蜜が強い匂いを放っていた。匂いがバリアのようになって、汗まみれで腰を振りあっているふたりを、包みこんでいるような感じがした。

いつまでもこうしていたかった。身をよじらずにいられない射精の前兆が、恨めしくてしかたなかった。射精を遂げてすっきりするより、永遠にこの熱狂の中に身を置いていたい。

しかしそれは、叶わぬ願いなのだ。死があるからこそ生が輝くように、いつか終わりになるからこそ、こんなにも夢中になっている。命を燃やして、愛しあっている。

「ああっ、いいっ……すごいっ……またイッちゃいそうっ……続けてイッちゃいそうよっ……はっ、はぁうううーっ！」

獣じみた悲鳴をあげている千紗都は、もう眼を開けていなかった。限界まで眉根を寄せたいやらしすぎる顔で、瞼《まぶた》をぎゅっと閉じている。

それでよかった。殺人者の形相を、彼女に見せたくはない。生き地獄から解放してやるつもりでも、命を奪うのだから殺人者に決まっている。どんな事情があるにせよ、人を殺めるのは鬼畜の所業だ。

それでも約束は守らなければならなかった。もうすぐ射精が訪れる。初めて女を抱く蒼治に、タイミングをコントロールする術《すべ》はない。射精の前兆が痛烈にこみあげてきた瞬間、千紗都の首に両手をまわした。見た目以上に細かった。首をつかんでも、千紗都はなんの反応も示さなかった。薄眼さえ開けなかった。快感をむさぼることに没頭しているようだった。

それでいい。

正気を失ったようによがっている千紗都は、よがればよがるほど祈るような表情になっていった。汗まみれになって、神々しくさえあった。光り輝いていた。美貌がくしゃくしゃに歪んでいるのに、こんなにも……。

蒼治は鬼気迫る表情で叫び声をあげた。千紗都の細い首をぐっと絞めながら、激しく突きあげた。殺意と恍惚《こうこつ》が火花を散らして交錯し、下半身で爆発が起きた。ドクンッ、ドクンッ、と煮えたぎる男の精を放ちながら、首を絞める指に渾身《こんしん》の力をこめた。痛烈な快感が怒濤《どとう》の勢いで襲いかかってきて、何度も何度も身震いが起こった。蒼治は叫びつづけていた。千紗都の中で射精するたびに、体の芯に落雷を受けたような衝撃が訪れた。

首を絞める直前、眼は閉じていた。千紗都が死ぬところなんて見たくなかった。恍惚を分かちあっていると思いこまなければ、とてもじゃないが千紗都のことを殺せなかった。このやり方を提案してくれた彼女に感謝した。瞼の裏に、鼻に皺を寄せて笑う顔が浮かんでいた。蒼治も釣られて笑った。やがて見えなくなった。誰もが釣られて笑う千紗都のチャーミングな笑顔は、蒼治の流す熱い涙の中に沈んでいった。

第七章　闇に降る雨

1

蒼治は根元まで吸った煙草《たばこ》を、灰皿に押しつけた。元カノが沖縄旅行に行ったときにおみやげで買ってきてくれた深いブルーの陶器製灰皿は、吸い殻が山盛りになって、ほとんど消す場所がなくなっていた。

昨夜の一部始終を辿《たど》り直すのに、三時間ほどを要した。

すべてを思いだしてまず感じたのは、安堵《あんど》だった。

逃げたりしなくて本当によかった……。

死体を山に埋めるなんてとんでもない。あの世で千紗都に合わせる顔がなくなるところだった。

アーロンチェアから立ちあがり、ふらふらとベッドに近づいていく。千紗都が安らかに眠っている。白いシーツは先ほど剝がしたままだった。生まれたままの姿をさらしていても、彼女はもう、恥ずかしがることができない。

枕の方に足があるのは、性器を繫《つな》げたまま騎乗位から正常位に体位を変えたからだった。床に丸めたティッシュが蟻塚じみた山をつくっているのは、セックスの事後処理をしたからではなく、ふたりで号泣したからだった。

ベッドに身を乗りだし、小判形の黒い草むらに顔を近づけていく。匂いを嗅いだ。愛しあった男女の痕跡がはっきりと残っていた。腰を振りあっていたときの熱狂が、まざまざと蘇《よみがえ》ってくる。千紗都があえぐ声、つかまれたときの指先の力、素肌のなめらかさ——細かいところまで、全部。

なぜ丸一日も記憶が消えていたのか、いまとなっては不思議でならない。こんなにも生々しく思いだせる。正常位で射精する直前、蒼治は千紗都の首を絞めた。いつもより長く続いた射精が終わったのと、千紗都が動かなくなったのが、ほぼ同時だったような気がする。

「射精をすると男の人はやさしい気持ちになっちゃうでしょう？」

千紗都が言っていた。

思いあたる節はあるが、昨夜に限っては、やさしい気持ちになどならなかった。

体が気怠《けだる》いということさえなく、むせび泣きながら最後の一滴まで精子を吐きだすと、飛びのくようにしてベッドから離れた。千紗都の死に顔を見たくなかったのもあるが、すさまじい興奮状態だった。

千紗都を殺して、自分も死ぬ――自分が死ななければ、心中が成立しなくなる。一刻も早く自分を殺さなければならないという焦燥感に駆られ、千紗都のスマホを水没させることを忘れた。ベッドでいろいろと動きまわっているうち、スマホがどこかに行ってしまったせいもある。

それでも、枕元のスタンドライトは消したのだから、我ながらやっていることがちぐはぐだった。どうしても、千紗都の死に顔だけは見たくなかったのだ。彼女が死んでしまったという実感は、指先に残った首の感触だけで充分だった。

とにかく蒼治は興奮状態で、床に脱ぎ散らかされていたズボンから、ベルトを抜いた。輪をつくってドアノブにかけた。こんな頼りないやり方で本当に死ねるのか、と首を通した直後に思ったことを、よく覚えている。だが、とりあえずやってみた。失敗したら、別の方法ですぐにやり直せばいいだけだった。そして蒼治は、意識を失った。

まさか意識と同時に記憶まで失う羽目になるとは思っていなかった。千紗都がもし、三途《さんず》の川あたりで待っていてくれていたら申し訳ない。もちろん、待ちぼうけなんてさせるつもりはない。

すぐに後を追わなければと、廊下に飛びだした。トイレの隣に小さな物置がある。扉を開けた。電気量販店の紙袋に、使っていないケーブル類が入っている。三メートルほどの延長コードを選び、部屋に戻った。

長々と昨夜の記憶を辿りながら、蒼治は考えていた。次は非定型首吊りではなく、より失敗の確率が低いやり方で死ぬべきだと。部屋にはスチール製のラックがあった。身長より二〇センチ以上高い。

物置から、雑誌の束も運びだしてきた。蒼治が描いた萌え絵が掲載された実話誌やエロ本だ。分別ゴミに出すつもりで紐《ひも》で縛ってあったが、一年近く物置に放置されたままだった。忘れていたと言えば忘れていたし、捨てたくなかったと言えば捨てたくなかったのだろう。

スチールラックの前に、雑誌の束を置いた。ちょっとぐらぐらしたが、なんとか踏み台になってくれる。ラック上部のパイプに延長コードを通し、円をつくって固結びで縛った。使いこんだベルトのバックルより、頼りになりそうだった。体重をかけて引っぱっても、スチールラックは持ちこたえてくれた。

問題なさそうだった。延長コードは、ベルトより殺傷能力が高いように思われた。ベルトより細いし、しっとりしたゴムの感触もいい。これならきっちりと首に食いこんで、頸動脈《けいどうみゃく》を絞めてくれるだろう。

延長コードが描く円の向こうに、千紗都が見えた。あえてそうしたわけではなかったが、ベストポジションだった。

「悪かった……」

千紗都に向かって声をかける。

「いますぐ僕も後を追う……待たせてしまったけど、記憶を取り戻してよかった。なにもわからないまま、八方塞がりで自殺するより……」

死ぬことに、もうためらいはなかった。記憶が戻ったからだ。もし記憶が戻らなかったら——考えただけでゾッとする。

千紗都と過ごしたひと晩に、自分がこの世に生まれてきたすべての意味が存在した。

少年刑務所でひどい目に遭う前から、蒼治は人生に倦《う》んでいた。未来に希望がもてなかった。いっそ生まれてこなければよかったと、何度思ったかしれない。生まれてこなければ、生きていく努力をせずにすんだ。努力したところで、素晴らしい人生を送れるとはどうしても思えなかった。

素晴らしい人生とはなにか——昨夜わかった。愛しあうことだと、千紗都が教えてくれた。もちろん、普通に告白して千紗都が受け入れてくれたとは思わない。そこまで自惚《うぬぼ》れているわけではない。

愛しあっているから一緒に死のうとしたふたりではなかった。蒼治と千紗都にあったのは、一緒に死ぬことを決めたことによって芽生えた愛だった。特殊かもしれないが、それだって愛は愛だろう。

身の毛もよだつようなひどい経験が、共鳴しあった。千紗都の話を聞いているとき、蒼治は体の震えがとまらず、やがて涙がとまらなくなった。千紗都だって、同じだったに違いない。

一緒に泣いた。屈辱の涙を流し、自己嫌悪に嗚咽《おえつ》していたことは間違いなかったが、途中から泣いている理由が変わった気がする。一緒に泣いてくれる人がいてくれたことが、たまらなく嬉《うれ》しかった。同情の涙なんかじゃない。お互いにもっと深いところで感情が揺さぶられ、泣くことで相手を慰撫《いぶ》しているようなところがあった。あれが魂の共鳴でなくて、いったいなんだろう？

「死ぬの付き合ってやろうか？」

そうささやかせた衝動が、胸に熱く蘇ってくる。

屋上から飛びおりようとしている鶴川素子を見たとき、蒼治は衝動的に走りだした。ようやく理由がわかった。

中学二年、十四歳、多感な年ごろだった。不透明な未来を、それでも歯を食いしばって生きていかなければならないという義務感を背負いこまされていた。たとえ嫌いなクラスメイトでも、目の前で生を否定されることが耐えられなかったのだ。全力で拒むしかなかった。

千紗都との心中に向かった衝動は、一見それとは真逆に見える。自殺をとめるどころか、一緒に死のうと提案したのだ。みずから生を否定している。

だが、そうではなかった。

一緒に死ぬことで、蒼治は生きたかったのだ。生を肯定したいという熱い衝動こそが、心中に向かわせた。心中することで、千紗都と一緒に生きたかった。生きた時間など問題ではない。生の充足を寿命の長短で計れるわけがない。

昨夜の一部始終を振り返って、気づいたことがある。

たった二、三時間のことかもしれないが、一緒に死のうと決めてからの自分たちは、まるで本物の恋人同士のようだった。

自殺のやり方を巡ってあれこれ衝突したのは、楽しかった。セックスを拒んでむくれられたこと。千紗都の意外なロマンチストぶりが発覚し、それを指摘して泣かれそうになったこと。一緒にシャワーを浴びて頰にキス——いま思いだしても笑いがこみあげてきそうになる。

普通のカップルだって、あんな感じで日々を過ごしているのではないだろうか。旅行の日程を検討したり、パーティのプランを立てているとき、意見が合わずに泣いたり怒ったり、それでも結局は仲直りして、抱きしめあっているに違いない。すべては楽しい思い出なのだ。

自分たちの場合、その話題が死に方だったに過ぎない。

尻込みしていた最後のセックスも、やっておいてよかった。セックスがただ動物的な本能に従った排泄《はいせつ》じみた行為であり、安っぽい刹那の快楽のために存在するのではないと理解できたことが、なによりも嬉しい。

愛している、と言葉で千紗都には伝えられなかった。むしろ、その話題は素っ気なくスルーしていたけれど、セックスをしたことで蒼治の気持ちは伝わったはずだ。硬くなったペニスを出し入れしながら、心の中で愛していると叫びつづけていた。セックスをしたから、愛していると伝えることができた。千紗都からも、痛いくらいに愛が伝わってきた。

妄想でもなければ、まぼろしでもない。

愛していない女と一緒に死のうとする男がいないように、愛してもいない男に殺されようとする女だっていないはずだ。

千紗都の首を絞めたとき、彼女はまったく抵抗しなかった。夢中でセックスしていたから、という理由だけでは説明できない。いくら快楽に没頭していようが、首を絞められたら苦しくてジタバタ暴れる。首に巻きついている手指を力ずくで剝がそうとする。

千紗都はなにもしなかった。蒼治が眼をつぶっているうちに、カッと眼を見開いただけだ。彼女は自分の意志で死を受け入れた。まるで死ぬことで愛を成就させようとしているように、蒼治には思えた。

「ありがとう……」

嗚咽がもれてきそうだったので、あわてて延長コードの輪に首を突っこんだ。泣いたりしたら、また千紗都の元に行くのが遅れる。踏み台代わりに積みあげた雑誌の束はぐらついて、いまにも足をすべらせそうだった。すべらせればいいだけだった。それで今度こそ確実に、あの世に行ける。千紗都にまた会える。

一日ばかり死ぬのが遅れたことを、千紗都は怒っているだろうか。怒っていたなら、謝ればいい。そんなことより、抱きしめたい。セックスがしたい。セックスの素晴らしさを教えてくれたお礼がしたい。

……ちょっと待て。

死への誘惑が甘美さを極めた瞬間、大変なことを思いだした。千紗都のスマホを水没させるのを、また忘れていた。蒼治はゆっくりと息を吐きだした。あれだけは処分しておく必要がある。千紗都が辱められている画像を、警察にだって見せるわけにはいかない。

延長コードをつかんでいる手のひらは、じっとりと汗ばんでいた。息をとめて、延長コードの輪からそっと首を抜いていく。雑誌の束からおりて、デスクにスマホを取りに向かう。

雨音が聞こえていた。

先ほどまでは聞こえていなかったはずだと思い、ガラス戸を開けた。むっとする湿気が強風に煽《あお》られて部屋に入ってきた。ベランダの向こうは江戸川だ。風がまともに直撃する。雨粒も飛んでくる。

眼を凝らすと、土砂降りの雨が降っていた。時刻は午前五時十五分。晴れていればそろそろ空が白みはじめてくる時刻なのに、外はまだ真っ暗だった。

2

小岩に引っ越してきたばかりの一時期、蒼治はポスティングのアルバイトをしていたことがある。分譲マンションの営業チラシなどを、街中の家のポストに一軒一軒入れていく仕事だ。

敷金礼金や引っ越し業者への支払いなど物入りが続いたので、アルバイトで少し補塡《ほてん》する必要があった。ポスティングを選んだのは、越してきたばかりの界隈《かいわい》を歩きまわれば道に詳しくなれそうだったし、一日中部屋に閉じこもっているより多少は健康にもいいだろうと思ったからだ。もちろん、人との関わりが最小限ですむという素晴らしい利点もあったが、歩合制の報酬があまりにも安かったので、三カ月で辞めた。

そのとき買った黒いレインウエアが、クローゼットに眠っていた。引っぱりだして袖を通した。逃亡用に詰めこんだ衣服類をナイロンバッグから出し、バッグだけを肩にかけて部屋を飛びだしていく。

外に出るとビニール傘を差した。雨風の勢いは室内から見たよりも強く、傘が風にもっていかれそうになった。しかし、わざわざレインウエアを着たのは、服が濡《ぬ》れることを嫌ったからではない。ある思惑があったからだ。

駐車場まで小走りで向かい、ラパンに乗りこんだ。エンジンをかけた。空が明るくなる前に目的地に到着したかった。

死ぬのが怖くなったわけではない。むしろ一刻も早く死にたい。死ななければ、千紗都との愛が成就しない。

だが、自分だけがうっかり生き残ってしまったことに、なにか意味があるような気がしたのだ。ベランダの向こう、江戸川の上空で唸《うな》りをあげている雨風の音を聞いているうちに、天啓《てんけい》めいた閃《ひらめ》きがあった。残された者には、残された者の使命があるはずだと。

真っ黒にうねる雨風の中に、叫び声を聞いた。無念のまま死を選ぶしかなかった千紗都の、心の叫びのような気がした。

平井大橋から首都高に乗り、アクセル全開で走った。雨に路面はすべり、時折吹きつけてくる強風に煽られたが、時速一〇〇キロ以上出しても怖くなかった。車体は小刻みに震えつづけ、いまにもハンドルをとられてしまいそうな瞬間が何度もあった。それでも蒼治は口許《くちもと》に笑みさえ浮かべて爆走しつづけた。鏡を見たらきっと、眼を血走らせたすさまじい形相をしていたことだろう。

所沢ＩＣに到着した。まだ空は暗いままだった。市街地には向かわず、建物がまばらな幹線道路を制限速度で流す。

青でも黒でも灰色でもいい、建築中の建物を隠すシートを探した。工事現場荒らしは普通、深夜に行う。もう午前六時を過ぎているから、ほとんど朝だ。建築現場の朝は早いが、雨にも弱い。雨天中止なんてザラだ。雨の日に窃盗するのはいつもより少しだけ気が楽だった。雨が降っていると警備員のモチベーションがさがるし、サボタージュを決めこんでいることだって珍しくない。

思いがけない災難は、横着の隣に潜んでいる。そもそも蒼治が属していた窃盗団が調子に乗ったのも、現場で働いている人間が横着して、作業道具を放置したままにするからなのだ。いちいち持ち帰るのは面倒くさいと、何百万もする発電機でも平然とその場に残して帰る。

ブルーシートを見つけた。三階建ての小さなビル――躯体《くたい》ができあがり、屋根工事に入っている。悪くなかった。この規模ならセキュリティもゆるいだろう。ラパンを路肩にとめた。エンジンをかけたまま、空のナイロンバッグをつかんだ。

傘は差さずに、レインウエアのフードを被《かぶ》って雨の中に躍りでた。

初めて自分の意志で行う工事現場荒らしだった。

間違っても、しくじるわけにはいかない。十中八九大丈夫だろうが、こんなところで逮捕されたら眼もあてられない。

ブルーシートの中は真っ暗だった。スマホをペンライト代わりにして、目的のものを探す。足場が悪く、注意が必要だったが、すぐに見つかった。

工事現場での窃盗事件なんていまでも数えきれないほど発生しているのに、誰も彼も自分だけは被害に遭わないと思いこんでいるらしい。

ナイロンバッグに詰めた。もう被害者を出すのは嫌だったので、内ポケットから金を出した。高速に乗る前に、コンビニのATMで限度額までおろしてきた。五十万。ATMに備えつけてある封筒に入れ、さらにコンビニのビニール袋で包んだ状態で、工具箱の中に置く。十万でも多いような気がしたが、まあいい。あの世に金なんかもっていけない。

ラパンに戻って、すぐさまその場を離れた。時刻は午前六時三十分。時間を潰す必要があるので、航空公園を目指してハンドルを切る。

こんな激しい雨の中でも、健康維持のためにウォーキングやジョギングに励んでいる者はいるだろうか。いそうで怖いが、連中に悪態をつきながらゆっくりと紫煙をくゆらせるのも、悪くないと思った。

午前九時になった。

堅気の会社が営業を開始する時刻だ。

待っている間、コンビニで仕込んできたゼリー飲料をふたパックばかり胃に流しこんだ。考えてみれば一日半なにも食べていなかった。それでも空腹なんてまるで感じていなかったが、肝心なところで電池切れになったら困る。

蒼治は航空公園の駐車場からラパンを出した。暴風雨の中でもウォーキングやジョギングに精を出している健康馬鹿はポツポツいたが、もうどうだってよかった。煙草くさくなった口の中にフリスクを放りこむと、東に向かった。バイパスから陸橋通り、そして学園通り。

雨が急に強くなった。フロントガラスが水たまりのようになり、ワイパーが苦しそうに動いている。時折ビビるので、そろそろ交換時期なのかもしれない。この期に及んでワイパーを交換？　苦笑がもれる。今日一日だけもってくれとフロントガラスを睨《にら》みつける。目的地が見えてきた。

大道不動産の幟《のぼり》が雨に濡れて支柱にからみついていた。

ラパンを駐車場に入れ、ナイロンバッグを肩にかけておりた。ガチャッと音がした。取り扱いに注意が必要そうだ。フードは被らなかったが、レインウエアは着たままだった。支店の扉を開けると、カランコロンとドアベルが鳴った。

「いらっしゃいませ」

三國麻衣が可愛《かわい》いアニメ声で言った。蒼治の顔を確認し、眼を丸くしている。こちらを客ではなく、千紗都の信用調査をしている探偵だと思っているからだ。おそらく、支店長や副支店長にも情報はシェアされている。べつによかった。相手は在庫を余らせている商売人、一杯食わせるのは難しいことじゃない。

「いやー、ご縁っていうのは不思議なものですね」

蒼治は三國麻衣の前の椅子に座るなり、大げさに声を張って言った。彼女の後ろにいる、支店長や副支店長にも聞こえるように。

「実は昨日こちらにお邪魔したのは、ちょっといろいろ事情があったんですが……分譲マンションの資料をいただいたじゃないですか？　あれを母に見せたら、興味津々でもっと詳しく話を聞いてこいと言われまして……」

「ほう、お母さんに……」

支店長と副支店長が、早速席を立って近づいてくる。お得意の総がかり態勢ができあがる。

「うちの両親、所沢駅西口で学習塾を経営しているんです。所沢ゼミナールってご存じないですか？」

「ええーっと、それは……」

支店長と副支店長はキョドッたが、三國麻衣が手元のキーボードを軽やかに叩《たた》いた。「所沢ゼミナール」と打ちこめば、簡単に検索に引っかかる。十秒もかからず、ホームページに辿りつける。建物の外観がトップページだ。支店長の笠井が、ディスプレイをのぞきこんで言う。

「こちら、塾の階上が住居になってるんでしょうか？」

「そうです。一階と二階が塾で、三階と四階が住居スペースです。でも、最近塾のほうが手狭になってきたんで、どこかいいところがあったら引っ越して、一階から四階まで全部塾にしたいって考えてるらしく……」

「なるほど、なるほど」

笠井の眼が糸のように細くなった。暑くもないのに汗もかきはじめて、ハンカチで額を拭う。

「それでしたら、わたくしどもの物件がうってつけだと思います。ご両親はおいくつくらいですか？　五十代後半？　老後のことも真剣に考えなければならないご年齢でございますね。人間、お年を召すとどうしたって足腰が弱ってくるものです。これはしかたがない。階段のあるおうちより、マンションのほうが確実に快適でございます」

「ただまあ、両親も仕事していて忙しいので、僕が物件の場所を確認して、もう完成しているなら内覧とか、そういうのしてこいと言われましてね。ハハッ、僕が暇人ってわけじゃないですよ。ただ、時間が自由になる仕事だし、最初にここに来たのも僕なわけだし……」

蒼治と笠井は、眼を見合わせて笑った。商売人は笑っても、眼が笑っていないことが多い。笠井もそうだったが、こちらの眼も笑っていないことには気づいていないようだった。

3

当該マンションは現在、内装工事中であるらしい。

仕上げを終えて見学できる部屋もあるということなので、蒼治は現地に案内してもらいたいと申してでた。

案内してくれたのは、副支店長の林辰典だった。大道不動産とボディに書かれた白いプロボックスで向かった。

戸数三百を超える大規模マンションは、外から見ると、ほぼ完成しているように見えた。タワーではなく、十五階建てで要塞のようにでかい。とはいえ、あたりは閑散として、淋《さび》しいところだった。吹きさらしの野っ原にメルセデスのゲレンデヴァーゲンがポツンと置かれているような光景だ。

「ここだと買い物に行くにもクルマで三十分以上かかりますね」

「まさか、そこまでは。駅前まで行かなくても、スーパーはございますよ」

「本当ににぎやかになるのかな？」

「飲食店なんかは、ちらほら出店の準備をしているようです。いずれはけっこうにぎやかになるんじゃないでしょうか」

嘘《うそ》つけ、と胸底で吐き捨てる。ラーメン屋の類いが何軒かできたところで、にぎやかになんてなるわけがない。マンションを売るだけ売ったら、あとは知らんぷりを決めこむつもりだろう。ひどい商売だ。

ベニヤ板で養生《ようじょう》された廊下を歩き、透明なシートで養生されたエレベーターで、五階に向かった。そこに見学可能な部屋があるらしい。室内の様子はモデルルームでわかるのだから、現地で確認したいのは普通、眺望だろう。どうせなら最上階に案内しろと思ったが、黙っていた。

「人気の２ＬＤＫタイプになります。ゆったり百五平米。お部屋を仕切って３ＬＤＫに変更することも可能です」

林が室内を案内してくれる。新築分譲マンションになど一ミリも興味がなかったが、顔には出さずに食いついているふりをする。対面式のキッチン、脚が伸ばせる浴槽のついたバスルーム、最新式のシャワートイレ、どれも真新しいが、どれも普通で平凡だった。みんな普通で平凡が好きなのだろう。こんなところで暮らしていたら、同調圧力の強い人間になりそうで怖い。

窓からの眺めも淋しいものだった。土砂降りの雨が降っているせいではなく、本当になにもない。せめて緑があれば長閑《のどか》な風景になるのかもしれないが、荒れ果てた空き地ばかりが目立つ。春になっても花は咲かず、夏になっても青葉は揺れない。雑草さえもまばらで、雨に打たれた薄らハゲのようなみじめな景色が、茫洋《ぼうよう》とひろがっているばかりだ。

だが、それでよかった。この男は千紗都をしたたかに傷つけた。自分の欲望のために、彼女を自殺にまで追いこんだ。間違っても、この世の見納めに綺麗《きれい》な星空なんて見上げてもらっては困る。

「なにもないように見えますが、実はそれがいいと私なんかは思うんですよね。建物が間近に迫ってるより、見通しがいいほうが心が伸びやかになりそうと言いますか。これって郊外に住む特権ですよね……」

窓の外を眺めながら演説している林の後ろで、蒼治はナイロンバッグのジッパーを開けた。音をたてないように注意して、少しずつ……。

「ここだけの話ですが、実は私自身、このマンションの購入を検討しているんですよ。私、世田谷《せたがや》の出身で、所沢には縁もゆかりもなかったんですが、通勤するようになってすっかり気に入ってしまいましてね。資産価値という意味でも、これから期待できると思いますし……」

購入を検討しているのは売れなくて困ってるからだろう——蒼治は内心で失笑しながら、バッグに手を忍びこませた。

林がひとりでここに案内してくれたのはラッキーだった。林は蒼治より五、六歳上で、ガタイがいい。体に厚みがある。おそらく体育会系の出身だろう。それとも、三度の飯よりジム通いが好きなナルシストか。いずれにしろ、手間がかかりそうなほうを先に排除できるのはツイている。

林は窓辺に立って外を見ていた。雨の様子が気になるようだった。蒼治がいるのは、その二、三歩後ろだ。

バッグの中に入れた右手で、ゴムの張られたグリップをつかんだ。手のひらが汗ばんでいたが、あえて拭うほどでもない。スチール製のハンマーを取りだした。それほど大きくはない。全長は三〇センチにも満たない。石頭《せっとう》ハンマーのように重量感もないが、充分だ。

振りかぶって、林の後頭部を殴りつけた。ゴンッ、と体の芯まで響く音がした。一発で、頭蓋骨を陥没させた手応えがあった。林が濁った悲鳴をあげて膝をつく。振り返ろうとした側頭部に、もう一発叩きこむ。

林が倒れた。蒼治は肩にかけていたナイロンバッグを床に置いてから、うつ伏せになっている林を、足を使ってあお向けにひっくり返した。まだ生きている。体中がぶるぶる痙攣《けいれん》している。口からなにか出てきた。

蒼治は顔面の中心に狙いを定めて、ハンマーを打ちおろした。二発、三発……鼻が潰れ、眼球が飛びだす。モグラ叩きのように、左右とも眼球を潰してやる。眼がなくなると、人間の顔はそう見えなくなるものらしい。

そこからは流れ作業のようなものだった。殴っても体がピクリとも動かなくなるまで、ハンマーを打ちおろしつづけた。やがて林は、元の顔が思いだせない姿になった。むごたらしい死に様だったが、罪悪感はまったくなかった。この男が死んでも、この男が犯した罪が消えてなくなるわけではない。

スマホで撮影した。やはり、やりすぎてしまったようだ。これでは、誰が殺されたのかわからない。脅しに使えるかどうか微妙なところだ。もう少し原形を留《とど》めておくべきだった。

林のスーツを探った。ポケットからスマホとこの部屋の鍵を抜いて、外に出た。部屋に鍵をかけると、土砂降りの雨の中に放り投げた。スマホは電源を切ってナイロンバッグの中だ。水没させるのはあとでいい。千紗都の名誉を守るために回収すべきスマホは、もうひとつ残っている。

エレベーターで一階におりると、降りしきる雨の中、フードを被って歩きだした。ビニール傘は部屋に置いてきた。レインウエアを着てきたのは、返り血対策だった。普通の服だと確実に痕跡が残ってしまうが、レインウエアなら簡単に洗い流せる。

刃物を使ったわけではないのでそれほど派手に血は飛んでこなかったが、それでも胸から腹にかけて点々と飛び散っている。白い肉片のようなものまでついていたので、乱暴に払った。足元で雨が跳ねていた。舗装が悪く、ほとんど泥道だ。

支店からこのマンションまでクルマで三分くらいだった。歩けば十分から十五分。ちょうどいい。返り血だけではなく、殺人の気配も消してくれることを祈りながら、雨に打たれよう。

4

支店に入る前に、びしょ濡れの顔をタオルで拭った。コンビニで買ったばかりのフェイスタオルはプラスチックの匂いがして拭き心地《ごこち》が悪かったが、文句を言ってもしかたがない。顔に続いて、レインウエアも拭く。

タオルの白い生地に薄っすらとピンク色のものが付着したが、黒いウエアのほうはまったく目立たなかった。大丈夫だろうと判断し、扉を開けた。カランコロンとドアベルが鳴る。

「おかえりなさいませ」

可愛いアニメ声が迎えてくれる。

「どうでした？　ご感想のほうをお聞かせください」

支店長の笠井が、すかさずデスクからこちらにやってくる。

「いやあ、それが……」

蒼治は困惑顔で首を振った。

「マンションに入る前に、林さん、急用ができたからってどっか行っちゃって。この雨の中歩いて帰ってきたんですよ。途中で傘も壊れちゃうし、さんざんだ」

「なんですって……」

笠井が赤黒い顔をひきつらせた。

「急用っていったい……」

「なんか電話が入ってましたね」

「どこからの電話でしょうねえ……」

「さあ」

その場にいる三人全員が、困惑顔になる。

電話が鳴った。三國麻衣が取り、笠井を見る。笠井はわざとらしいほどあわてた様子で自分のデスクに向かうと、電話に出た。

「ええ、ええ。お世話になります。ええ……」

話を始めた笠井を尻目に、蒼治は三國麻衣に声をかけた。

「すいません。いちおう現場の立地は確認してきたんですけど、中まで見られなかったんで、モデルルームを見学させてもらっていいですか？」

「はあ……」

三國麻衣は笠井を気にしている。

「奥に寝室とかあるんでしょう？　見たいなあ」

「……ご案内いたします」

笠井の電話が長引くと判断したのだろう、三國麻衣は立ちあがり、笠井に目配《めくば》せしてから奥に向かった。蒼治も一礼すると、笠井は電話で話しながら、どうぞどうぞ、というジャスチャーをした。

寝室に通された。先ほど見た本物の部屋はなにもない箱のようなものだったが、映画のセットのようになっている。絨毯《じゅうたん》は落ちついた淡いベージュ、カーテンは気品のあるワインカラー、キングサイズのローベッド、枕元にはアンティーク調のチェスト。

照明にも、相当オプションが加わっていそうだった。テーブルライトにフットライト。ただの薄暗い間接照明ではない。夫婦の閨房《けいぼう》をイメージしているのか、ムードを演出しすぎてイラッとする。

蒼治はナイロンバッグを床に置いた。ガチャと音がしたので胆《きも》が冷えた。室内を見渡した。開けっ放しの扉の前にさりげなく移動し、ドアノブをチェックするふりをして閉めてしまう。

「このお部屋、支店長が内装を決めたんです。けっこう評判いいんですよ。お若いご夫婦とかにはとくに」

三國麻衣が笑いかけてきた。小柄な彼女の華奢《きゃしゃ》な肩に、蒼治は左腕をまわした。悲鳴をあげさせないためには、素早い行動が必要だった。ぐっと肩を抱き寄せると、ヘッドロックの体勢で首を絞めあげ、顔面に二発、右の拳を叩きこんだ。ぐしゃっ、ぐしゃっ、と嫌な感触がした。容赦はしなかった。ポメラニアンみたいな顔と可愛いアニメ声に惑わされてはいけない。この女は、給湯室で千紗都のスカートに水をかけていたのだ。下着に染みるほど……しかも毎日……。

「騒いだら殺す。おとなしくしてろ」

そんな脅し文句を吐かなくても、いじめが日課の馬鹿女はショックで声も出ないようだった。呆然《ぼうぜん》と見開いた眼から涙を流し、鼻血で顔の中心を汚している。蒼治はレインウエアのポケットからガムテープを出すと、口を塞いだ。続いて、両手も後ろにまわして上半身ごとぐるぐる巻きにする。

笠井が電話で話す声が聞こえていた。まだ猶予がありそうだったので、三國麻衣を壁に向かって突き飛ばした。転んだ拍子にスカートがめくれ、白い下着に包まれた小さな尻が見えた。もちろん、興味などない。両足にもガムテープを巻いて動けなくする。

「死にたくなかったら静かにしてろ」

もう一度凄《すご》みつつ、バッグからスチール製のハンマーを取りだす。ゴムの張られたグリップにはまだ、林を撲殺した感触が生々しく残っていた。体中の血が沸き立つ。殺意がみなぎってくるのが自分でもわかる。

笠井の話し声が聞こえなくなった。もうすぐここにやってくるということだ。

この部屋は、廊下から扉を押して入ってくる構造だ。扉の開く側に死角となるコーナーがあった。扉の位置から、五〇センチほど凹《へこ》んでいる。

蒼治はそこにしゃがみ、息を殺した。なかなかやってこない。林に電話しているのだろう。馬鹿が。電源を切ったスマホにかかるものか。

ようやく近づいてくる気配がした。

「やあやあ、お待たせしてすみません」

笠井の声がして、扉が開いた。脚が見えた瞬間、蒼治は膝を狙って思いきりハンマーを振り抜いた。「ぎゃあっ！」と悲鳴をあげて、笠井が床に転がった。その右肩に、渾身《こんしん》の力を込めてハンマーを振りおろす。骨を砕いた感触が、グリップを握る手にはっきりと伝わってきた。

「なっ、なにをっ……するんですかっ……」

床に尻餅をついた格好の笠井が、痛みに歪《ゆが》めた顔で見上げてくる。情けないほど声を震わせ、細い眼を精いっぱい見開いている。

「心あたりがあるだろう？」

蒼治は低く声を絞った。笠井は困惑しきった顔で首を横に振る。

「星奈千紗都は……死んだ。自殺だよ」

笠井の顔色が変わった。元から赤黒い顔がますます黒くなり、顔中に脂汗が浮かんでくる。

「どうして死んだと思う？　教えてくれ」

笠井が眼をそむけたので、蒼治はハンマーを振りおろした。先ほどとは逆の膝だ。パキンといい音がした。うまく皿が割れたらしい。

笠井は悲鳴をあげた。でっぷり太った体で床を転げまわったが、ベッドの脚にぶつかってとまった。痛みにうめき、震えている。

これで両脚が使えない。右肩も砕いてあるから、あとは左肩だ。狙いを定めてハンマーをフルスイングした。悲鳴があがる。

これで笠井はもう、手も足も出ないダルマのようなものだった。この男は千紗都をSMみたいに縛りあげて手足の自由を奪ったらしいが、そんなお下劣な趣味には付き合えない。念には念を入れておこうと、両肘にもハンマーを一発ずつお見舞いする。

「……ふうっ」

ひと息ついて、蒼治はハンマーを床に放り投げた。ナイロンバッグのところまで七歩ほど歩く。取りだしたのは、電気ドリルだ。機関銃のように構えてスイッチレバーを一瞬引く。ギュイーンと耳障りな金属音が響き、笠井がこちらを見た。三國麻衣もこちらを見ている。ふたりとも限界まで顔をひきつらせている。

工事現場から拝借してきたものだった。プロ仕様とはいえ、せいぜい五万だ。それでも、コンクリートの壁に穴を空けることはできる。人間の体だったら、マフィアに銃撃されたクルマのようになるに違いない。

「質問に答えてくれないかな？」

笠井にゆっくりと近づいていった。

「星奈千紗都は自殺した。なぜだ？」

「そっ、そんなこと……わたしに訊《き》かれても……」

笠井はとぼけた。あっさり死にたくないらしい。もっとも、あっさり殺すつもりもない。どんな答えが返ってきたところで、千紗都を自殺まで追いこんだ償いをしてもらわなければならない。

「まっ、待てっ！」

笠井が叫んだ。蒼治が電気ドリルのスイッチレバーを引いたからだ。今度は一瞬じゃなかった。待つつもりもなかった。

絨毯についていた右手の甲に、電気ドリルを突き刺した。血が飛び散り、笠井が泣き叫ぶ。三國麻衣も悲鳴をあげている。口をガムテープで塞いでいるからたいしたことはない。外までは聞こえない。だいたい外は暴風雨だ。

笠井が肥えた体で暴れた。体当たりされて蒼治は尻餅をついた。電気ドリルを離すわけにはいかなかったので、手の甲からドリルの刃が抜けた。血が流れだす。笠井は喉が切れそうな勢いで悲鳴をあげている。手の甲も痛いだろうが、ぶつけてきたのが骨の砕けた肩だったのだ。

「言えよ」

立ちあがり、顔を踏みつけた。雨の中、舗装の悪い泥道を歩いてきたスニーカーの靴底を、頬にこすりつけてやる。

「星奈千紗都になにをしたか、言え」

笠井はうめくばかりで言葉を返さない。その右手から大量の血がしたたり、淡いベージュの絨毯がみるみる真っ赤に染まっていく。

蒼治は苛立《いらだ》った。

この絨毯に、千紗都はひざまずかされたかもしれない。フェラチオを強要するために。あるいは、四つん這《ば》いで後ろから犯すために……。

いや、絨毯どころではない。笠井の後ろには卑猥《ひわい》なくらいでかいベッドがある。そこで千紗都は、狼藉《ろうぜき》の限りを尽くされたのだ。恥という恥をかかされ、屈辱という屈辱を与えられたのだ。

頭に血がのぼり、電気ドリルのスイッチレバーを引いた。笠井の太腿《ふともも》に穴を空けてやる。ぎゃーぎゃーと悲鳴があがる。

「すっとぼけてると、体穴だらけになるぞっ！　やられる人間の気持ちを味わえよ。

こんな感じなんだよ。こんなっ！」

　太腿の肉をえぐり、回転しているドリルの刃を骨まで届かせる。ギュイーンと金属音が唸る。ピストン運動のように抜き差しすると、血飛沫《ちしぶき》が飛んだ。肉片も飛ぶ。立ちこめる血の匂いに、蒼治は顔をしかめる。

「たっ、助けてっ！　助けてくれえーっ！」

　泣き叫ぶばかりの笠井は、これ以上なく憐《あわ》れだった。笑ってしまいそうなくらい滑稽でもあった。因果応報だ。笠井に犯された千紗都の無念は、こんなものではなかったはずだ。

　いったん、ドリルの刃を太腿から抜いて、スイッチレバーを戻した。静寂の中、憎悪に血走った眼つきで笠井を見下ろす。

「やっ、やめてくれっ……もうやめてくれっ……」

　笠井が小刻みに首を振る。

「星奈千紗都になにをした？」

「セッ、セクハラ……」

「そんな可愛いもんじゃないだろ？　何回犯した？　ここで！　この部屋で！　あんたらにとって神聖な職場で！」

笠井はうめき声をあげるばかりで答えない。

「黙ってるとこうなるぞ」

ポケットを探り、スマホを取りだした。林の死体の画像を見せた。悲鳴をあげすぎて閉じることのできなくなっていた笠井の唇が、ぶるぶると震えだす。下唇から涎《よだれ》が垂れる。だらしなく肥えた体中が震えている。

「遺族が死体を受けとりにきても、誰だかわかんねえ顔にされてえか？」

「すっ、すいませんっ！　かっ、勘弁してくださいっ！」

笠井は唾を飛ばして叫んだ。

「ほっ、星奈くんがっ……彼女があんまり魅力的だったから……卑劣な手段で体を求めてしまいました……悪いことをしたと思ってます……でも、まさか自殺するなんてっ……」

「まさかだと？」

蒼治は笠井の顔面を蹴りあげた。あお向けになったところで、馬乗りになった。機関銃のように構えた電気ドリルの刃を笠井に向けた。スイッチレバーを引く。金属音が響く。

「おまえらはいつもそう言うな。まさか死ぬとは思わなかった。まさかそんなに傷ついているとは思わなかった……」

　言いながら、ブスッ、ブスッ、と電気ドリルを突き刺した。肩、腕、鎖骨のあたり。肉がえぐれ、血飛沫が飛ぶ。蒼治の顔にもびちゃっとかかる。笠井は当然、阿《あ》鼻叫喚《びきょうかん》の悲鳴をあげている。モデルルームの寝室は修羅場と化した。

「いじめでもパワハラでも、やってるやつはやられているほうの気持ちを、これっぽっちも考えない。死ぬほどつらかったんだよ。だから死んだんだよ。テメエみたいな気持ちの悪いデブのおっさんに犯されたら、死にたくなるに決まってるじゃねえかっ！　彼女と何回やった？　十回か？　二十回か？　同じ回数、テメエの体に穴を空けてやる。言えよっ！　何回犯したっ！」

「……かっ、数えてません」

　蚊の鳴くような声が返ってくる。

「ああそうかい。じゃあ、数えきれねえほど、テメエの体にも穴を空けていいってことだな」

　簡単に殺すつもりはなかった。生まれてきたことを後悔するほどの苦悶《くもん》の果てに地獄に送ってやるつもりだったが、頭に血がのぼりすぎていた。ギュンギュンと唸るドリルの刃を、右の胸に刺してしまった。笠井がひしゃげた悲鳴をあげる。蒼治の尻の下で、肥えた体がジタバタ暴れる。心臓は逆側だから死にはしないだろうと思ったが、刃を抜くと噴水みたいに血が噴きだしてきた。

「しっ、死ぬっ……死んじゃいますっ……」

酸欠の金魚のように口をパクパクさせる。

「うるせえな。死にたくなかったら質問に答えるんだ。さっき星奈くんなんて言ってたけど、そんな呼び方しちゃいなかったろ？」

蒼治はスイッチレバーを戻してから、電気ドリルの刃を笠井の額にあてた。もはや虫の息だったが、その顔には胸から噴きだしている血が盛大にかかって壮絶なことになっている。

「なんて呼んでた？」

「ほっ、星奈くん……」

「違うだろ」

一瞬、スイッチレバーを引く。貫きはしない。それでも、額の皮膚が切れて、眼のくぼみに血が流れこんでいく。笠井の顔は恐怖に凍りついている。後頭部は床だ。逃げ場所はない。

「なんて呼んでた？」

「ほっ、星奈くんっ！」

「違うだろ」

「星奈くんですよお、他に呼びようがないじゃないですか」

「メールじゃ別の呼び方をしてた」

笠井の呼吸が荒くなる。骨の砕かれた肩で息をしながら、血まみれの顔に諦観がひろがっていく。見開かれていた眼が、糸のように細くなる。

「……星奈くん」

「違う」

「……星奈くん」

「そうじゃない」

蒼治は笠井を睨んだ。笠井もヒューヒューとおかしな音で呼吸しながら、眼を凝らしてこちらを見ている。視線と視線がぶつかりあう。笠井もわかっているだろう。その言葉を吐いた瞬間、どうなるか……。

「言え」

「……牝豚《めすぶた》」

蒼治は電気ドリルのスイッチレバーを引いた。容赦なく、回転する刃を額に押しあてた。胸から噴いている血が手にかかり、レバーを引く指がすべりそうだった。それでも歯を食いしばって、笠井の頭蓋骨を深々と貫いた。脳味噌《のうみそ》をぐちゃぐちゃにかきまぜた。千紗都に関する記憶ごと、この世から消し去ってやるつもりだった。ずいぶんと長い間、そうしていた。笠井はとっくに事切れていた。断末魔の悲鳴も、もう聞こえない。指一本動かない。

蒼治はスイッチレバーから指を離した。両手が笠井の血でヌルヌルになり、気持ちが悪くてしかたなかった。それ以上に、むせかえりそうな血の匂いが不快で吐きそうだ。額を貫いている刃を抜くのも面倒になり、電気ドリルを放りだして立ちあがった。

5

所沢ＩＣから高速道路に乗った。

風雨は強まっていくばかりで、台風でも接近しているような勢いだった。高速が通行止めになっていなくて、本当によかった。下道で帰ったら、三、四時間はかかる。そんな暇はない。平井大橋まで一気に駆け抜け、一刻も早く小岩の自宅に戻るのだ。

千紗都が待っている……。

大道不動産所沢支店でやるべきことをすべてやり終えると、蒼治はレインウエアを脱ぎ捨て、給湯室で手を洗った。顔に浴びた返り血も洗い流した。三國麻衣が洗ったであろう布巾で目の前にかかっていたので、それで顔を拭こうとした。コンビニで買ったばかりのタオルもひどかったが、漂白剤の匂いがきつくて顔など拭けたものではなかった。

三國麻衣は意識を失っていた。むごたらしい殺人現場を目の当たりにし、失神してしまったらしい。眼を覚ましていたらちょっとばかり脅してやろうと思っていたが、起こしてまで脅すのは面倒だった。

彼女はいじめには加担していても、レイプにまでは参加していない。協力もしていないだろう。顔面パンチ二発で充分だ。これに懲りて、真人間になってくれることを祈るばかりだ。

笠井のデスクにあったスマホは、林や千紗都のそれとともに、所沢ＩＣ近くの川に水没させた。笠井のごとき卑劣な人間は、どこかにデータを隠していそうだった。会社のパソコンに保存するわけはないだろうが、自宅のパソコンとかメモリースティックなどにこっそりと。

それを探しだすのは容易なことではないから、眼をつぶることにした。そんなことよりも、さっさと死にたい。万が一誰かに見つかったらごめん、と天国の千紗都に謝る。

これで心置きなく彼女の元に行ける……。

蒼治は高揚していた。恍惚《こうこつ》の境地にいたと言ってもいい。

笠井と林を地獄に堕《お》としてやったことが、誇らしくてならなかった。あの世で千紗都は、喜んでくれるだろうか。彼女は清純派の優等生だから、やりすぎよ、と顔をしかめるかもしれない。誰がそんなこと頼んだの？　と怒りだすかもしれない。

いや、千紗都が清純派の優等生でないことくらい、蒼治はとっくに知っていた。彼女は欠点もあれば失敗もする、いじましいくらいに生身の女だった。美しい容姿とは裏腹に、案外うじうじした内面の持ち主だったのかもしれない。妹の前では清純派の優等生でありたいというのもまた、生身の彼女の欲望なのだ。そうでなくなってしまうことを、心の底から恐れていた。

千紗都は支店の連中を恨んでいたが、それ以上に自己嫌悪にまみれていた。殺意は加害者ではなく、被害者である自分に向かった。そういう気持ちはよくわかるが、だからといって加害者が野放しのままでいいはずがない。

　第二、第三の被害者を出さないため——そんな綺麗事を言うつもりはない。他人のことなど知ったこっちゃない。やつらが千紗都に与えた屈辱を知り、ふたりで泣いた。頭にきたからぶち殺した。それだけだ。あの世で千紗都に怒られても、後悔はしない。

　煙草が吸いたかった。強まる一方の雨風のせいだろう、高速はガラガラに空《す》いていた。しかもどういうわけか、目の前の直線道路だけが妙に明るい。空はひどく暗いのに、行く手だけが光の道のように輝いて見える。

　気分がよかった。ここで紫煙をくゆらせない手はないだろう。片手をハンドルから離すのは冷や汗ものだったが、なんとかトライして火をつける。できるだけ深く吸い、ゆっくりと時間をかけて煙を吐きだす。

　殺人のあとの一服は最高だった。ノンスモーカーの人殺しは、殺人のあとの時間をどうやって過ごしているのだろう？　ビールやシャンパンで渇いた喉を潤すのか。それともあえて、血のしたたるステーキに食らいつくか。馬鹿馬鹿しい。煙草がいちばんに決まっている。

　煙を吐きだしながら、殺人シーンを振り返った。笠井の最期はギャグみたいにみじめで、思いだすと笑いがこみあげてくる。

　笠井と林、その前に千紗都も殺しているから、これまでに三人殺した。これから自分も殺す。全部で四人。ちょっとした凶悪犯だ。

　神楽坂のバーで、千紗都が言っていたことを思いだした。彼女は中学時代、蒼治が殺し屋になると思っていたらしい。もちろん、眼つきの悪かったことを揶揄《やゆ》したジョークだろうが、いまとなっては意味深だ。

　金をもらって人を殺《あや》めるなんてまっぴらごめんだけれど、愛する女の無念を晴らすため、生まれて初めて暴力を振るった。ヘマはしなかった。ドジも踏まなかった。千紗都の慧眼《けいがん》はすごい。もしかしたら本当に、自分は殺し屋に向いているのかもしれない。

　煙草の煙が眼に染みた。車内に煙が充満しすぎている。

　換気がしたかったが、外は暴風雨。とはいえ、少しくらいなら大丈夫だろうと、パワーウインドウのスイッチに手を伸ばした。

　そのときだった。真横から空気の塊のような強風が吹きつけ、ドンッとボディを揺らした。それでも、片手を離していなければ、ハンドルを取られることはなかったただろう。

同じ死に方で死ねなくてごめん——愛《いと》しいロマンチストに、あの世で深くお詫《わ》びしなければならない。

強風に煽られ、ハンドルを取られたラパンは独楽《こま》のようにスピンして、ガードレールに激突した。時速一〇〇キロ以上出していた。排気量六六〇ccしかないエンジンが、甲高い悲鳴をあげるほどアクセルを踏みこんでいた。

車体は無残に潰れ、原形を留めない鉄の塊となり、運転手は絶命した。即死だった。走馬燈のように人生を振り返っている暇もなかったが、べつによかった。

人生なら、昨日念入りに振り返った。

千紗都と愛しあうために生まれてきた。ただそれだけの人生だった。

ふたりきりで過ごしたのはひと晩だけ。半日にも満たない。

それでも、生まれてきてよかった。蒼治は満足していた。自分には身に余る幸福な人生だと思った。

解説

東《あづま》えりか
（書評家）

たしか5年ほど前になる。都内ホテルで開かれた某文学賞授賞式後のパーティで、ある男性編集者に声をかけられた。読んでもらいたい小説がある、というのだ。

こういうことは珍しくない。自宅に突然ゲラが送りつけられたり、知らない人から手書きの原稿が届いたり、というはた迷惑なことだって時々あるのだ。だからきちんと編集者から筋を通して、このような依頼をされるのはむしろ歓迎である。

いわく、ある作家がジャンル違いの小説に挑戦し、非常に面白く仕上がった。ぜひ女性の書評家に読んでもらいたい。東さんはお好きだと思う、とのこと。

作家の名前を聞くと「草凪優」だという。官能作家の第一線で活躍され、とても人気のある方だというくらいはわかっても、官能小説とはまったく縁のない書評家の私になぜ、という疑問がわく。

書評家、あるいは文芸評論家とは、本を紹介する仕事である。映画評論家をイメージしていただくといいかもしれない。おおむね、ジャンル分けされており、私の主戦場はノンフィクション作品だ。

なんとなく興味がわいた。官能小説家として人気を誇る作家が、その殻を破ろうとしている、という作品に立ち会えるというのは光栄なことだと思った。

ゲラが送付されてきたときは少し後悔した。分厚いのだ。だが『黒闇』とタイトルされたその小説は、本当に滅法面白い作品だった。

本書『知らない女が僕の部屋で死んでいた』とは少し離れるが、『黒闇』について語りたい。究極の暗黒恋愛小説だ、と。

目を覆わんばかりの愚か者たちばかりが登場する。もし身近にいたら決して近づかないタイプの人種なのに、この小説ではなぜか愛《いと》おしい。

男が夢を手放して堕落し、女に甘え、どん底から立ち直ろうともがき、一瞬の光を摑《つか》みかけたのち、足元をすくわれる、泥沼から這《は》い出そうとする男と女の姿が目に浮かび、哀切な気持ちでいっぱいになる。

暖かい家庭を築こうと男を信じた女は、裏切られ絶望する。娼婦《しょうふ》の真心が踏みにじられ、男に縋《すが》れば縋るだけ足元の穴が大きく開く。人はそんな黒闇に落ちないようにと気をつけて生きているはずなのに、明るい将来に目が眩《くら》んで見えない時もあるのだ。

まるで近松門左衛門《ちかまつもんざえもん》の浄瑠璃《じょうるり》のようだ。阿呆《あほう》な男たちが自分の理屈と欲望だけを押し通す。それでも、人の道に反しても、一緒に生きたい、暮らしたい。さもなくば……、と道行きまでついている。

一気読みだった。救いのない暗黒小説なのに、読後感は悪くない。暴力シーンも濡《ぬ》れ場もふんだんにあるが、物語の流れの中にあり過剰でも扇情的でもない。

この作家に興味を持ち、官能小説を何冊か手に取った。

「この官能文庫がすごい！」２０１０大賞を受賞した『どうしようもない恋の唄』（祥伝社文庫）は事業に失敗し家族も亡くし、死にはぐった男がソープ嬢に拾われ再生していく物語だが、私の苦手な濡れ場を読み飛ばしてもぐいぐいとひきつけられた。

多くの草凪ファンの支持を得ている『夜の私は昼の私をいつも裏切る』（新潮文庫）は事故のようなセックスで「床惚《とこぼ》れ」してしまったふたりを裏社会が追い詰めるサスペンス小説。結末が知りたくて夢中で読んでしまった。濡れ場のハードさには、ちょっとすくんでしまったが。

読み終わった後、心に残る残滓《ざんし》のようなものになんとなく懐かしさを感じた。こんな気持ち、昔感じたような気がする。

しばらく考えて思い至る。そうか石井隆《いしいたかし》の劇画に似ているんだ。

大学の時、研究室に誰かが置いていった『赤い教室』を読んで夢中になった。特に石井隆の代名詞ともいえる『名美』シリーズの恋愛上の心と性のせめぎ合いは、20歳の胸を切なく締め付けた。

その後、映画監督となり劇画は読めなくなってしまったが、私の本棚の奥には、まだ何冊か残っているはずだ。『黒闇』から読んだ一連の草凪作品はその物語の読み心地《ごこち》に似ていた。

本書『知らない女が僕の部屋で死んでいた』もまた、胸に痛い恋愛小説である。ヘビースモーカーの南野蒼治はいわゆる「萌《も》え絵」を描くイラストレーターでゲームのキャラクターデザインを手掛けている。二次元の女性にしか興味はなく、30歳になっても実際のセックスに対して積極的になれない。

仕事が干された夜、不断にない痛飲をした蒼治が全裸で朝目覚めると、ベッドに知らない女が死んでいた。状況からみて、どうやら自分が殺したらしい。その上、自分も自殺を試みたようだ。だが全く記憶がない。

女の荷物を探ると、星奈千紗都という中学時代の同級生だと判明した。記憶が戻らぬまま、彼女の最近の言動を中学時代の友だちから探り、故郷にも戻ってみる。

学生時代、美人で優等生だった千紗都と自分の接点はほとんどなかったが、一つだけ思い出が蘇《よみがえ》る。しかしそのことが彼女を殺すこととどう結びついたのか。ここまで紹介した前半は静かに語られる。他人を殺してしまったわりには淡々としていることに少し違和感があった。

だが第五章以降のストーリー展開はジェットコースターのようだ。どこで急降下するか、突然曲がるのか、先の景色が全く見えないまま引きずりまわされる。

中学卒業後の15年間は、大人になる過程であり社会人として独り立ちする時間である。ひとりひとり、様々な事情を持ち、30歳という節目に立つ。久しぶりにあったにせよ、その時間に何があったかなど問うことはほとんどない。

だが心の闇が呼応してしまうことがあるかもしれない。不安や恐れ、絶望が共振してしまうことがあっても不思議ではない。ましてや幼馴染《おさななじみ》であれば、その振れ幅がさらに大きくなるだろう。

少年刑務所を経験している蒼治と、上司たちの陰湿ないじめにあっている千紗都は出会うべきときに、運命のように出会ってしまったのだ。

夢中で読み終わり、最後のページを閉じたとき、思いがけない安堵《あんど》感を感じた。そういえば、草凪優の小説は、エンディングがみな見事である。この小説も、前半の静の部分で仕掛けられていた伏線が効いている。悲劇で終わっても「よかったね」と思わず呟《つぶや》いてしまいたくなる。

この文章を書いているのは、2020年4月末。新型コロナウィルス肺炎が世界中で蔓延《まんえん》し、東京オリンピックは延期、ゴールデンウィークも「STAY HOME!」とペットに命令しているような自粛の嵐である。

多分、世界経済も各国の政治も、教育も家族の在り方もすべて変わってしまうに違いない。何しろ、新型コロナウィルスは、人と接触することを許さないのだ。

ふと草凪優は今何を考えているだろうと知りたくなった。ホームページにある日記から、ごく一部『知らない女が僕の部屋で死んでいた』と著者の気持ちが重なっていると思う場所を紹介したい。

4月6日「シンクロ」

（前略）実際、俺はいわゆるバブル世代だが高校中退してぶらぶらしてたからバブルの恩恵なんかほとんど受けてないし、大学も中退してるからいま思えば夢のような就職活動とか経験してないし、オウムのときも地獄のような貧乏暮らしでニュースすらろくに見てなかったし、911のときは仕事を失って放心状態になっててそれどころじゃなかったし、311のときは東北にいたけど関わりあいになりたくなくてさっさと沖縄に引っ越してきた。いつだって、世の中の動きでナーバースになったことなんてなかった。世の中より自分のほうがはるかに危なかったからだ。でも、今回はすごく終末感を覚えてる。世の中の気分と自分の気分がシンクロしているような気がする。大人になったのかな。それとも、曲がりなりにも東京がふるさとだから？　いずれにせよ、50過ぎて初めての経験。

4月12日「Sex under the influence」

この状況下でファーストコンタクトの相手とセックスするのは根性いるよな。しかし、恋愛なんてタイミングが非常に重要なわけで、やるべきときにやっておかないと、その後の展開が大きく変わってくるどころか、自然消滅してしまう恐れもある。（中略）

童貞喪失のチャンスが目の前にあった人とか本当に気の毒で、想像しただけで目頭が熱くなってくる。うつされてもいい、というだけなら愛の証明になっても、うつすかもしれないけどやりたいじゃなあ……愛じゃなくて安い欲望だもんなあ……。

ちょっと先の世界なのに、全く想像がつかないアフターコロナ、ウィズコロナの世界では、草凪優はどんな小説を生み出すだろう。願わくは、読み終わったときに「よかったね」と呟ける作品であってほしい。

本書は書き下ろしです。

本作品はフィクションであり、実在の個人・団体とはいっさい関係ありません。（編集部）

実業之日本社文庫　最新刊

赤川次郎
花嫁をガードせよ!
警察官の仁美は政治家をかばい撃たれてしまい、その怪我が原因で婚約破棄になりそう。捕まえた犯人は取り調べ中に自殺をしてしまい――。シリーズ第31弾
あ1 19

梓林太郎
遠州浜松殺人奏曲　私立探偵・小仏太郎
静岡・奥浜名湖にある井伊直虎ゆかりの寺院で倒れていた男に名前を騙られた私立探偵・小仏太郎。謎の男の正体をさぐるが意外な真相が…傑作旅情ミステリー!
あ3 14

安達瑶
悪女列車
間違って女性専用車両に飛び乗ってしまった僕。通勤電車、新幹線、寝台特急……機密情報入りのUSBを持って鉄路で逃げる謎の美女を追え!
あ8 6

草凪優
知らない女が僕の部屋で死んでいた
眼が覚めると、知らない女が自宅のベッドで、死んでいた。女は誰なのか? 記憶を失った男は、女の正体を探る。怒濤の恋愛サスペンス!(解説・東えりか)
く6 7

田中啓文
文豪宮本武蔵
剣豪・宮本武蔵が、なぜか時を越え明治時代の東京に。人力車の車夫になった武蔵だが、樋口一葉、夏目漱石らと知り合い、小説を書く羽目に…爆笑時代エンタメ。
た6 5

津本陽・二木謙一
信長・秀吉・家康　天下人の夢
戦国時代を終わらせた三人の英雄の戦いや政策、人間像を、第一人者の対談で解き明かす。津本作品の名場面再録、歴史的事件の詳細解説、図版も多数収録。
つ2 5

花房観音
秘めゆり
「夫と私、どちらが気持ちいい?」――男と女、女と女が秘める恋。万葉集から岡本かの子まで、和歌を題材にとった極上の性愛短編集。(解説・及川眠子)
は2 6

本城雅人
代理人　善場圭一の事件簿
女性問題、暴行、違法な賭け事……契約選手をめぐる様々なトラブル解決に辣腕をふるう代理人の奮闘を活写。異色スポーツミステリー!(解説・佳多山大地)
ほ4 1

睦月影郎
昭和好色一代男　再び性春
昭和元年生まれの昭一郎は偶然幽体離脱し、魂が孫の若い肉体と入れ替わってしまう。久々の快感を得たいと町へ出ると、人妻や処女との出会いが待っていた!
む2 12

実業之日本社文庫　好評既刊

沢里裕二
極道刑事　東京ノワール
渋谷百軒店で関西極道の事務所が爆破された。カチコミをかけたのは関東舞闘会。奴らはただの極道ではなかった…。「処女刑事」著者の新シリーズ第二弾！

さ37

沢里裕二
処女刑事　東京大開脚
新宿歌舞伎町でふたりの刑事が殉職した。その裏には、東京オリンピック目前の女子体操界を巻き込むスキャンダルが渦巻いていた。性安課総動員で事件を追う！

さ38

沢里裕二
極道刑事　ミッドナイトシャッフル
新宿歌舞伎町のソープランドが、カチコミをかけられた。襲撃したのは上野の組の者。裏には地面師たちのたくらみがあった!?　大人気シリーズ第3弾！

さ39

沢里裕二
処女刑事　性活安全課VS世界犯罪連合
札幌と東京に集まる犯罪者たち――。開会式を爆破!?　松重は爆発寸前!!　処女たちの飽くなき闘い。豪華キャストが夢の競演！　真木洋子課長も再び危ない!?

さ310

葉月奏太
いけない人妻　復讐代行屋・矢島香澄
色っぽい人妻から、復讐代行の依頼が舞い込んだ。彼女は半グレ集団により、特殊詐欺の手伝いをさせられていたのだ。著者渾身のセクシー×サスペンス！

は67

葉月奏太
人妻合宿免許
独身中年・吉岡大吉は、配属変更で運転免許が必要になり合宿免許へ。色白の未亡人、セクシー美人教官、黒髪の人妻と…。心温まるほっこり官能！

は68

実業之日本社文庫 く67

知《し》らない女《おんな》が僕《ぼく》の部屋《へや》で死《し》んでいた

2020年6月15日　初版第1刷発行

著　者　草凪《くさなぎ》 優《ゆう》

発行者　岩野裕一
発行所　株式会社実業之日本社
〒107-0062　東京都港区南青山 5-4-30
CoSTUME NATIONAL Aoyama Complex 2F
電話 [編集]03(6809)0473 [販売]03(6809)0495
ホームページ　https://www.j-n.co.jp/
DTP　ラッシュ
印刷所　大日本印刷株式会社
製本所　大日本印刷株式会社

フォーマットデザイン　鈴木正道（Suzuki Design）

ISBN978-4-408-55595-9（第二文芸）